睦月影郎

淫ら歯医者

実業之日本社

淫ら歯医者　目次

第一章　好色医師の歯医者復活　7
第二章　美少女のいけない欲望　48
第三章　歯茎(はぐき)フェラチオに昇天　89
第四章　アイドルの濃蜜(のうみつ)な匂い　130
第五章　二人がかりの熱き快感　171
第六章　快楽の日々は果てなく　212

淫ら歯医者

第一章　好色医師の歯医者復活

1

「わあ、綺麗（きれい）なクリニックだね。ここで働けるなんて嬉（うれ）しい」

雄吾（ゆうご）は、待合室から診察室まで見回して言った。さすがに新規開業だから隅々まで清潔で、最新医療器具の準備も整っていた。

「何年ぶりの復帰かしら」

院長の賀茂乃梨子（かものりこ）が言う。颯爽（さっそう）たる長身で、モデルでも勤まりそうな美貌とプロポーションだ。シングルマザーの四十二歳。

「いや、基本的に休んでいない。ただモグリで、深夜専門の開業医を転々と手伝っていた」

雄吾は答えた。深夜専門というと、昼間に通院できない水商売や風俗の患者が主だった。しかし皆、通院というより痛みさえ止まれば来なくなり、治療代がもらえないことも多々あった。

花山雄吾は五十歳の独身。結婚歴はなく、スキンヘッドに体重百キロの巨体である。れっきとした腕利きの歯科医だが、不祥事により表舞台から引っ込んで十年になる。

乃梨子は大学病院時代の後輩で、今回、独立しての開業にあたり、彼が呼ばれたのだった。

「よく僕の居場所が分かったね」

「興信所を使ったわ。私は審美が専門だから、一般歯科の名医を探していたの。素行に問題はあるけれど、花山先生なら腕は確かだから、どうしても協力してほしかったのよ」

「でも、開業直前で物入りだというのに、僕の部屋まで用意してくれて羽振りが良いんだね」

噂では、乃梨子の元夫は地方の開業医で、かなりの資産家だったようだから、あるいは莫大な慰謝料をせしめたのかも知れない。

このビルは、一階がコンビニで二階が乃梨子のクリニック。三階以上はマンションになっていて、そのうちの一室、広いワンルームが雄吾に与えられたのである。

今まで骨董品のような古アパートの四畳半一間に住んでいた雄吾は、大喜びで乃梨子の誘いに乗り、今日引っ越してきたのだった。もっとも煎餅布団も捨ててきたので、ほとんど身一つである。

乃梨子は、布団も鍋釜もテレビも用意してくれ、着替えなどを買う支度金も渡してくれた。よほど彼の腕を買っているようだが、確かに雄吾は天才的な名医と若いころは将来を嘱望されていた。

乃梨子はこのビルではなく、近くのマンションに住んでいる。

明日開業する乃梨子の診療所は、賀茂歯科をもじって『カモシカクリニック』という名で、カモシカのイラストがトレードマークだ。

「もし僕が開業したら、ハナシカクリニックだね。落語家が来そうだ」

「そんなことより、大丈夫？　うちは女性患者専門だし、衛生士も若い綺麗な子だから」

浮かれている雄吾に、乃梨子が不安げに言った。

「大学病院をクビになったセクハラのこと？　それなら大丈夫。だいいち、もともとセクハラなんかじゃなかったんだから。単に、好きな子に順々に告白しただけだし、もうこの歳(とし)だから今さら恋にうつつを抜かすこともないし、結婚願望もないから」

「本当に大丈夫ね？」

「うん、表舞台に呼んでくれた恩を仇(あだ)で返すようなことはしないよ。最後の敗者復活のチャンスだと思っているから」

「それなら安心だけれど、今は付き合っている女性とかは？」

「この十年全くない。クビになってから反省の日々を送ってきたからね」

「でも、性欲は旺盛なままでしょう？」

乃梨子が、貧乏暮らしをしていた割りに大きな彼の身体(からだ)を見て言う。

「ううん、オナニーは日に二回ぐらいかな。たまに三回」

「そんなに……」

「それより乃梨子先生も、欲求は溜(た)まってない？　あの頃は旦那がいたし子供も小さかったから、いくら口説いても相手にされなかったけど」

雄吾は、大学病院時代を思い出して言った。

確かに雄吾は、女医でも衛生士でも学生でも、手当たり次第に声をかけては有り余る性欲を持て余していたものだ。

中でも、この乃梨子は美しく、若妻の色気を持ちはじめた頃で彼も夢中だったが、常に素っ気なくされていたのである。

「私は、開業の準備に夢中で男どころではなかったわ。娘もやっと大学に入ったから、ようやく自分のことに専念できるようになったけれど」

「なぜ別れたの。旦那が変態だった?」

「花山先生じゃあるまいし、その逆よ。私が妊娠してからは全く触れなくなったし、お金儲(もう)けのことばかりだったから嫌になって」

「そう……」

ならば、相当に飢えているはずだと雄吾は踏んだ。

「じゃ、こうしましょう。乃梨子先生が彼女になってくれたら、僕は他の誰にも見向きもしなくなるから、互いの火照りを鎮め合いましょう」

「始まったわ……」

彼が言うと乃梨子は嘆息した。

「でも、僕が乃梨子先生を好きだってのは、十年前から分かっていたでしょう」

「多くのセクハラでクビになったのよ。あなたは一人で気が済む人じゃないでしょう」

「いやいや違う違う。多くの子に声をかけたのは、特定の一人がいなかったからだよ。乃梨子先生がいれば、もう他の子は衛生士も女性患者も安泰（あんたい）」

雄吾が言って立ち上がり、乃梨子に顔を迫らせていった。もちろん今日引越を終えて、クリニックに降りてくる前にはシャワーを浴びて隅々まで綺麗にし、大小の排泄（はいせつ）も終えて丁寧に歯も磨いてきた。

乃梨子は驚いたようだが、激しく拒むような素振りが見えないので、雄吾も思いきって突き進んだ。

「や、やめて……、ウ……」

唇を重ねると、乃梨子は小さく呻（うめ）いて全身を強（こわ）ばらせた。

雄吾は、十年の時を経てようやく乃梨子に触れられた感激と興奮に包まれ、仕事と子育てで突っ張っていた当時とは違うのだなと思った。

柔らかな感触が密着して、ほのかな唾液の湿り気が伝わった。

そろそろと舌を挿し入れると、さすがに綺麗な歯並びに触れ、彼は舌先で左右にたどりながら、ピンクの引き締まった歯茎も探った。

すると、ようやく諦めたように、あるいは欲望に火が点いたか、乃梨子もオズオズと歯を開いて侵入を受け入れていった。

舌をからめると、生温かな唾液に濡れた舌が滑らかに蠢いた。

乃梨子の息は熱く湿り気があり、ほんのりと白粉のように甘い刺激が含まれ、悩ましく鼻腔をくすぐってきた。

次第に彼女もチロチロと舌先を動かしてくれ、興奮を高めた雄吾は、激しく勃起しながら彼女の豊かなブラウスの胸を探った。

「アアッ……、ダメ……」

「そんな、もう後戻りできなくなっちゃった」

乃梨子が口を離して嫌々をするので、雄吾は情けない声を出した。

自分が突き進むのは相手が大丈夫という気配を覗かせたときだけであり、嫌がるものを無理やりすることだけは性に合わないのである。

「ここではダメ……」

「あ、そうか、明日開業する神聖な場所だものね。じゃ僕の部屋へ行こう」

雄吾は納得し、彼女の手を引いて立たせた。乃梨子も尻込みしながら、何とか灯(あか)りを消して一緒にクリニックを出て戸締まりをした。

雄吾の部屋は三階だから、エレベーターなど待たず気が急(せ)くように階段で上がり、キイを出してドアを開け、彼女を招き入れた。

ドアを内側から閉めてカチリとロックすると、完全な密室になった興奮が湧き上がった。

今日越したばかりだから綺麗にしてある。

入ってすぐにキッチンがあり、あとはテーブルと、奥の窓際には彼の身体に合わせたようにダブルベッドが据えられていた。

「ね、脱いで。僕はさっきシャワーを浴びて歯を磨いたばかりだから」

雄吾は、上がり込んだ彼女をベッドに誘い、すぐにも自分から脱ぎはじめていった。

まさか引越の第一日目に、この部屋に美女が来てくれるとは夢にも思わなかったものだ。どん底にいる雄吾を救ってくれた乃梨子は、まさに幸運の女神なのだった。

「私はシャワー浴びたいわ。朝から動きっぱなしだったし……」

「どうか、今のままでお願い。せっかくの匂いが消えてしまうから」

雄吾は、長年の願いが叶うのだからと、図々しく言った。

そしてブラウスのボタンに手をかけると、彼女は諦めたように途中から自分で脱ぎはじめてくれた。

雄吾は最後の一枚を脱ぎ去り、先にベッドに横になり、ピンピンに勃起したペニスを震わせながら、脱いでゆく乃梨子を眺めた。

2

「こっち見ないで……」

乃梨子が言って背を向け、ブラのホックを外すと、白く滑らかな背中が露わになった。スカートもパンストも脱ぎ去り、最後の一枚を下ろすとき尻がこちらに突き出された。

実に豊かで魅惑的な尻で、しかも今まで服の内に籠もっていた熱気が、甘ったるい匂いを含んで室内に立ち籠めはじめた。

やがて一糸まとわぬ姿になると、乃梨子がモジモジと振り返り、胸を隠すようにしながらそっと添い寝してきた。

「わあ、嬉しい……」

雄吾は感激して言い、胸を隠している彼女の腕を広げて、甘えるように腕枕してもらった。

乃梨子も男に触れられるのは久々らしく、ビクリと熟れ肌を強ばらせた。

膨らみを見ると、それは手のひらに余る大きさで、乳首も乳輪も意外なほど初々しく淡い色合いで息づいていた。

先に彼は、美人歯科医のジットリと生ぬるく湿った腋の下に鼻を埋め込み、甘ったるく濃厚に沁み付いた汗の匂いに噎せ返った。

「いい匂い」

「あう、ダメ……」

嗅ぎながら思わず言うと、乃梨子が羞恥に声を震わせた。

あるいは飢えた彼のことだから、すぐにも挿入して終わると思ったのかも知れない。

しかし雄吾は、挿入は全て隅々まで味わった最後の最後であり、飢えているからこそ性急にならず、久々の女体の味と匂いを堪能したいのだった。

スベスベの腋の下を舐め回し、徐々に顔を移動させ、仰向けになった彼女の胸にのしかかっていった。

色づいた乳首にチュッと吸い付き、舌で転がしながら柔らかな巨乳に顔中を押し付けて感触を味わうと、

「アアッ……！」

乃梨子がビクッと顔を仰け反らせて喘ぎ、もう少しもじっとしていられないようにクネクネと悶えはじめた。

ここまでくれば朦朧となり、もう何をしても拒まれないだろう。

雄吾は充分に味わい、もう片方の乳首も含んで念入りに舐め回した。乳首はコリコリと硬くなり、ほんのり汗ばんだ胸元や腋からは、さらに甘ったるい汗の匂いが生ぬるく揺らめいてきた。

左右の乳首を愛撫し、もう片方の腋の下にも鼻を埋めて嗅いでから、彼は白く滑らかな肌を舐め降りていった。

引き締まって張り詰めた腹部に顔を押し付けて心地よい弾力を味わい、形良い臍を舐め、ピンと張り詰めた下腹から腰、ムッチリした太腿へと舌でたどっていった。

「お、お願い、早く入れて……」

乃梨子が腰をくねらせ、声を震わせてせがんできた。

早く満足したいばかりでなく、隅々まで舐められることに激しい羞恥と抵抗があるのだろう。

元夫は淡泊だったらしいから、恐らく全身くまなく愛撫などされたことはないのではないか。

雄吾はスラリと長い、まさにカモシカのような脚を舐め降り、丸い膝小僧を軽く嚙(か)み、滑らかな脛(すね)から足首まで行った。

そして足裏に回り込んで顔を押し付け、縮こまった指の間に鼻を割り込ませて嗅ぐと、汗と脂にジットリと湿った指の股はムレムレの匂いが濃厚に沁み付いていた。

彼は貪るように美女の足の匂いを嗅ぎ、爪先にしゃぶり付いて順々に指の間にヌルッと舌を割り込ませて味わった。

「あう！　ダメ、汚いのに……」

乃梨子がビクッと脚を震わせて呻くと、彼の口の中でキュッと舌を挟み付けてきた。雄吾はもがく足首を押さえて念入りにしゃぶり尽くし、もう片方の足裏と指の股も味と匂いを心ゆくまで堪能したのだった。

　すると彼女が、ゴロリとうつ伏せになっていった。

　雄吾は乃梨子の踵（かかと）からアキレス腱（けん）、脹（ふく）ら脛（はぎ）から汗ばんだヒカガミ、白く滑らかな太腿から尻の丸みを舌で這（は）い上がっていった。

　腰から背中を舐め上げると、淡い汗の味が感じられ、ブラの痕も実に艶（なま）めかしかった。

「く……！」

　背中も感じるらしく、乃梨子が顔を伏せたまま熱く呻いた。

　肩まで行ってセミロングの黒髪に鼻を埋めて甘い匂いを嗅ぎ、耳の裏側も舐めると、うなじから再び背中を這い下りた。

　そしてたまに脇腹にも寄って舌を這わせ、再び尻に戻ってきた。

　うつ伏せのまま乃梨子の股を開かせると、彼は真ん中に腹這い、白く豊満な尻に顔を迫らせた。

　指でグイッと谷間を広げると、何やら搗（つ）きたてのお餅でも開く感じだ。

　奥には、薄桃色の蕾（つぼみ）がひっそり閉じられ、綺麗な襞（ひだ）が揃（そろ）って恥じらうようにキュッと引き締まった。

　吸い寄せられるように顔を埋め込むと、蕾は淡い汗の匂いに混じり秘めやかな微香も籠もって悩ましく鼻腔を刺激してきた。

雄吾は何度も深呼吸して憧れの美女の恥ずかしい匂いを貪ってから、舌をチロチロと這わせて襞を濡らし、浅く潜り込ませてヌルッとした滑らかな粘膜まで味わった。

「あう……、ダメよ、そんなこと……」

乃梨子が豊満な尻をくねらせながら呻き、肛門でキュッと彼の舌を締め付けてきた。

雄吾は舌を出し入れさせるように動かし、ようやく顔を上げると、彼女も尻を庇うように再びゴロリと仰向けになっていった。

彼は片方の脚をくぐり、開かれた乃梨子の股間に顔を寄せ、ムッチリした内腿を舐め上げながら割れ目に目を凝らした。

ふっくらした股間の丘には黒々と艶のある恥毛が程よい範囲に茂り、肉づきが良く丸みを帯びた割れ目からはピンクの花びらがはみ出していた。

股間には熱気と湿り気が籠もり、恥毛の下の方は愛液の雫を宿し、陰唇から溢れたヌメリが淫らに内腿との間に糸を引いていた。

やはり彼女も相当に欲求を溜め込み、今までの愛撫で大量の愛液を湧き出させていたのだった。

「嬉しい。すごく濡れてる……」

雄吾は言って指を当て、陰唇をグイッと左右に広げた。するとクチュッと微かに湿った音がして中身が丸見えになった。

中も綺麗なピンクの柔肉がヌメヌメと潤い、花弁状に襞の入り組む膣口が妖しく息づいていた。

ポツンとした小さな尿道口も見え、包皮の下からは真珠色の光沢を放つクリトリスが、小指の先ほどもある大きさでツンと突き立っていた。

雄吾は、とうとう憧れの乃梨子のここまで辿り着いたという感慨でいっぱいになった。

「そ、そんなに見ないで……」

彼の熱い視線と息を感じ、乃梨子がヒクヒクと白い下腹を波打たせて声を震わせた。

もう堪らず、雄吾は彼女の中心部にギュッと顔を埋め込んでいった。

柔らかな茂みに鼻を擦りつけると、腋に似た甘ったるい汗の匂いが生ぬるく籠もり、それにほのかな残尿臭も混じって鼻腔を掻き回してきた。

「なんていい匂い」

嗅ぎながら思わず股間から言うと、乃梨子は激しい羞恥に息を詰め、内腿でキュッときつく彼の両頬を挟み付けた。

雄吾はもがく腰を抱え込んで押さえ、何度も深呼吸して美女の体臭で胸を満たし、舌を挿し入れていった。

膣口の襞を舌先で掻き回すと、生ぬるく淡い酸味のヌメリが動きを滑らかにさせた。彼が柔肉をたどってクリトリスまで舐め上げると、

「アアッ……！」

乃梨子が内腿に力を込め、身を弓なりに反らせて喘いだ。

彼は執拗にクリトリスを舐め、上の歯で包皮を剝き、完全に露出した突起を小刻みに舌先で弾いた。

さらに指をヌルッと潜り込ませ、膣の内壁をクチュクチュと小刻みに擦り、さらに左手の人差し指も肛門に浅く押し込んだ。

膣内は温かく濡れ、雄吾は指を二本に増やし、天井のGスポットを擦りながらなおもクリトリスを吸い、執拗に舐め回した。

「い、いっちゃう、ダメ……、アアーッ……！」

乃梨子が激しくガクガクと腰を跳ね上げて、声を上ずらせた。

どうやら最も感じる三点責めの刺激で、オルガスムスの波を感じ取ってしまったようだ。

前後の穴が指をきつく締め付けて収縮し、潮を噴くように大量の愛液がほとばしった。彼は美女の味と匂いを堪能しながら、それぞれの穴の中で指を蠢かせ、愛液をすすってクリトリスを舐め続けたのだった。

3

「ああ……、も、もうやめて……」

乃梨子が息も絶えだえになって哀願し、そのままグッタリと硬直を解いて身を投げ出してしまった。

雄吾も舌を引っ込め、前後の穴からヌルッと指を引き抜いた。

肛門に入っていた指に汚れは付着せず、爪に曇りもなかったが、微かな匂いが感じられた。膣内にあった二本の指の間は膜が張るように大量の愛液にまみれ、指の腹は攪拌（かくはん）されて白っぽく濁った粘液に濡れ、湯上がりのようにふやけてシワになっていた。

雄吾は荒い呼吸を繰り返している乃梨子に添い寝し、横から身体をくっつけていった。

「気持ち良かった？」

「意地悪……、やめてって言ったのに、凄すぎるわ……」

再び胸に抱かれながら囁くと、乃梨子は荒い息遣いを繰り返しながら、か細く答えた。

喘ぎ続けて口中が乾いたか、吐息の匂いの濃度がやや上がり、十段階で四ぐらいになっていた。もちろん一般の人が不快に感じるのは六以上だから、実に控えめである。

しかし昼食後の歯磨きをしていないのか、大部分は彼女本来の白粉臭で、それに乾いた唾液臭が混じり、ほんの僅かなオニオン臭とプラーク臭が悩ましく鼻腔を刺激し、雄吾はこの美女のもっと濃い匂いを嗅ぎたいと思った。

「ここ舐めて……」

雄吾は仰向けになって言い、乃梨子の顔を胸に抱き寄せ、自分の左の乳首を彼女の口に押し付けた。すると彼女も熱い息で肌をくすぐりながらチュッと吸い付き、チロチロと舌を這わせはじめてくれた。

「ああ、気持ちいい。嚙んで……」

言うと乃梨子は綺麗な歯並びでキュッと乳首を嚙み、次第に仕返しするようにのしかかって、彼の左右の乳首を愛撫してくれた。

「あうう、もっと強く……」

雄吾は巨体をクネクネさせて甘美な刺激に呻き、乃梨子も両の乳首を貪ってから、彼の肌を舌と歯で愛撫しながら舐め降りていった。

「あう、そこも気持ちいい、もっと強く嚙んで……」

脇腹や内腿も感じ、雄吾は完全に受け身になって美女に身を任せた。

やがて乃梨子は彼を大股開きにさせて真ん中に腹這い、股間に美しい顔を迫らせてきた。

そして内腿を舐め上げてきたので、雄吾は自ら両脚を浮かせて抱えた。

「先にお尻舐めて。僕は乃梨子先生と違って綺麗に洗ってきたから」

言うなり乃梨子が、彼の尻の丸みにキュッと強く歯を食い込ませてきた。

「い、いたたた……、ごめんなさい。でも乃梨子先生の肛門は、すごくいい匂いだったよ。あうう」

言うたびに彼女は羞(は)じらいに力を込めてきた。

それでも尻の丸みを噛んでから、ようやく乃梨子は彼の肛門をチロチロと舐めてくれ、自分がされたようにヌルッと潜り込ませてきた。

「アア……」

雄吾はゾクゾクするような妖しい快感に喘ぎ、モグモグと味わうように美女の舌先を肛門で締め付けた。

乃梨子の熱い鼻息に陰嚢(いんのう)をくすぐられ、内部で舌が蠢くと、屹立(きつりつ)したペニスはまるで内側から刺激されるようにヒクヒクと上下した。

ようやく舌が引き抜かれると彼は脚を下ろし、乃梨子はそのまま陰嚢を舐め回してくれた。二つの睾丸(こうがん)が舌で念入りに転がされ、袋全体が美女の生温かな唾液にまみれた。

そして、いよいよ乃梨子がペニスに迫ってきた。

「太いわ……」

彼女が目の当たりにして呟(つぶや)く。長さは標準だが、何しろ艶やかな亀頭が太くて笠(かさ)が張っている。

乃梨子は舌先で肉棒の裏側を舐め上げ、幹に指を添えて支え、先端まで来ると粘液の滲んだ尿道口をペロペロと舐め回してくれた。

さらに張りつめた亀頭にしゃぶり付いて唾液に濡らすと、上品な口を丸く開いてスッポリと喉の奥まで呑み込んでいった。

「ああ……、気持ちいい……」

雄吾は、憧れの乃梨子の口に根元まで含まれ、夢のような快感に喘いだ。

セミロングの髪が内腿をくすぐり、付け根がキュッと締め付けられて吸われ、熱い鼻息が恥毛をそよがせた。

口の中ではクチュクチュと舌が蠢き、たちまちペニス全体は乃梨子の清らかな唾液にどっぷりと浸り込んで震えた。

「ンン……」

乃梨子も小さく鼻を鳴らし、上気した頬をすぼめて執拗に吸い、貪るようにチュパチュパとお行儀悪く音を立てた。

「い、いきそう……、入れたい……」

こんなに強烈なフェラは久々の雄吾が絶頂を迫らせて言うと、乃梨子もすぐにスポンと口を引き離した。やはり口に受け止めるより、一つになって快感を得たいのだろう。

雄吾が手を引っ張ると、彼女も素直に身を起こして前進してきた。

「私が上……？」

「うん、僕は重いからね。それに下から綺麗な顔を見上げたい」

言うと、乃梨子は自らの唾液にまみれたペニスに跨がった。

そっと指を添えて先端に割れ目を押し当て、位置を定めると息を詰め、ゆっくり腰を沈み込ませてきた。

張りつめた亀頭が潜り込むと、あとは重みとヌメリに任せ、ヌルヌルッと根元まで受け入れていった。

「アアッ……！」

完全に座り込むと、乃梨子は股間を密着させ、彼の胸に両手を突きながら顔を仰け反らせて喘いだ。

雄吾も、心地よい肉襞の摩擦と締め付け、温もりと潤いに包まれて懸命に暴発を堪えた。やはり我慢して、少しでも長くこの感激と快感を味わっていたかったのだ。

乃梨子は何度かグリグリと擦りつけるように腰を動かし、巨乳を揺らしていたが、やがて上体を起こしていられなくなったように身を重ねてきた。

雄吾も抱き留め、僅かに両膝を立てると太腿や尻の感触も味わえた。

「気持ちいい？」

「ええ……、すごく、奥まで響くわ……」

訊くと、乃梨子も久々のペニスを味わうようにキュッキュッと締め付けながら小さく答えた。

雄吾が両手を回して、小刻みにズンズンと股間を突き上げると、

「ああ……、いい……！」

彼女が熱く喘ぎ、応えるように腰を遣いはじめた。

やはりさっき舌と指で昇り詰めてしまったが、こうして一つになるのはまた格別なのだろう。

柔らかな巨乳が胸に押し付けられて弾み、ほんのり汗ばんだ肌が密着し、恥毛が擦れ合ってコリコリする恥骨の膨らみも伝わってきた。

次第に互いの動きがリズミカルに一致してくると、熱く溢れた愛液がさらに律動を滑らかにさせ、クチュクチュと淫らに湿った摩擦音が響いて、彼の陰嚢から肛門にまで愛液が伝い流れてきた。

雄吾は下から唇を求め、熱く甘い息を嗅ぎながらネットリと舌をからめ、生温

かな唾液をすすった。

「ンンッ……！」

乃梨子も熱く鼻を鳴らして舌を蠢かせ、時には彼の唇にキュッと歯を立てながら快感を貪った。

次第に膣内の収縮が活発になってゆき、さっき以上の愛液が粗相したように大量に溢れ出して互いの股間をビショビショにさせ、彼のシーツにまで沁み込んでいった。

「あ……、い、いっちゃう……、アアーッ……！」

彼女が息苦しげに口を離し、仰け反りながら声を上げた。同時にガクガクと狂おしく腰を跳ね上げ、本格的なオルガスムスに達してしまった。

収縮に巻き込まれるように、続いて雄吾も昇り詰め、

「く……！」

突き上がる大きな絶頂の快感に呻きながら、ありったけの熱いザーメンをドクドクと大量に柔肉の奥へほとばしらせた。

「あう、熱いわ……、もっと……！」

噴出を感じ、乃梨子は駄目押しの快感を得たように呻き、さらにキュッときつ

く締め上げてきた。

雄吾は心ゆくまで快感を嚙み締め、最後の一滴まで出し切った。そして満足しながら突き上げを弱めていくと、

「アア……」

乃梨子も満足げに声を洩らし、熟れ肌の強ばりを解いてグッタリともたれかかってきた。まだ膣内は名残惜しげな収縮を繰り返し、彼は過敏にヒクヒクと幹を震わせながら力を抜いていった。

そして雄吾は美女の重みと温もりを受け止め、湿り気ある甘い吐息を間近に嗅ぎながら、うっとりと快感の余韻に浸り込んだのだった。

4

「第一号の患者はどんな人だろうね」

翌朝、雄吾は早めに診療所へ降り、乃梨子が用意してくれた白衣を身にまとって言った。まだ二人きりで、受付兼衛生士の子は開業の十時少し前に来ることだろう。

三人ほど座れる待合室には絵と花が飾られ、婦人雑誌などが置かれていた。

壁には審美歯科のコースのパネルが貼られ、診察室は普通の歯科診察台が一つに、審美用のベッド、狭いレントゲン室などが備えられている。あとは従業員と患者兼用のトイレがあり、診察室に流れるBGMはクラシック。

「ええ、ネットでも広告を出したし、大学病院の方でも宣伝してもらったから」

乃梨子も白衣姿で答える。

この颯爽たる白衣美女の全てを昨日知ったのだと思うと、すぐにも雄吾の股間は熱くなってしまった。

土曜の午後と日曜、そして祭日は休業で、あと週に何度か乃梨子は義理で大学病院の方にも赴くので、その間は審美は休んで、雄吾が一般歯科を担当することになった。

「診察台は頑丈だね。まあ、僕より重いのはそう来ないだろうけど」

雄吾は診察台に座った。自分は虫歯もなく歯は頑丈なので今までも、まず座ることはなかった。

「ちょうどいいわ。スタッフ同士だから、いちおう検診させて」

乃梨子が来て言い、背もたれを倒してライトを点けた。

雄吾も素直に身を投げ出し、口を開いた。

もちろん出がけにシャワーも浴びたし、念入りに歯磨きも済ませていた。

乃梨子が顔を寄せ、ワークテーブルにあった消毒済みのミラーを手にして彼の口の中を順々に見ていった。

「つまらないわ。十年前と変わらない。動物並みに頑丈だわ」

彼女は言い、すぐに顔を上げた。ざっと見ただけで、何の問題もないことが分かったのだろう。

「じゃ、今度は僕の番ね」

「私はいいわ」

「いやいや、ともに働くのだから知っておかないと」

雄吾は立ち上がり、入れ替わりに乃梨子を座らせた。横にさせてライトを向けると、彼女も観念して綺麗な唇を開いてくれた。

「同じのでいいよね」

彼の口の中を見たミラーを挿し入れたが、乃梨子は拒まなかった。

さすがに審美歯科をするだけあり、ライトの下で見ても乃梨子の歯並びと色艶は最上級である。

「いちいち言わないで。全部自分で知ってるから」

「濃度は二」

「それは何？」

「十段階に分けた口臭のレベル。通常は四以下。食後にケアしなくてもせいぜい五、自然に唾液で洗浄されるからね。九や十は病人のホームレス級。僕が好きな濃度は、不快に感じる一歩手前の七ぐらい」

「先生の好みはどうでもいいけど、私は一ではないの？」

「一は、ほぼ無臭。通常の生活の中では有り得ない。乃梨子先生が十二分にケアしても二。種類は、僕の分類だと白粉臭。昨日のエッチの時の濃度は四だった」

「まあ……」

そんなことを考えて肌を重ねていたのかと思い、乃梨子は羞恥に声を洩らし、もう口を閉ざして起き上がってしまった。

そしてミラーを消毒液の容器に入れると、開業前の最終チェックをしに回っていった。

雄吾は、乃梨子の濡れた舌や艶めかしい口の中を見たばかりなので、痛いほど股間が突っ張ってしまっていた。

と、そこへ従業員の子が出勤してきた。

「お早うございます。あ、花山先生ですね。私、岩井恵美です」

恵美が言い、雄吾に挨拶してきた。乃梨子とは前から知り合いらしい。髪をアップにした、二十代半ばの可憐なメガネっ子だった。

「やあ、よろしくね」

雄吾が答えると、恵美は受付の裏にある更衣室兼洗面所で制服に着替えた。白衣ではなく淡いピンクの半袖で、左胸にはカモシカのマーク。

「高校の後輩で優秀な子なのよ。衛生士ばかりじゃなく、ネットも得意で事務能力も優れているわ」

乃梨子が言う。では医院のホームページやネット広告なども、全て恵美に任せたのだろう。

「じゃ、いちおう検診しようね。いま二人で見せ合ったばかりなのだから」

「ええ……」

雄吾が言うと恵美はやや戸惑ったようだが、乃梨子が何も言わないので素直に診察台に座った。背もたれを最大限に倒すと、水平よりやや頭が下がる。

そしてライトを当て、彼は新たなミラーを手に顔を寄せていった。

恵美も素直に可愛(かわい)い口を開き、雄吾は覗き込んだ。

メガネの奥の睫毛(まつげ)が長く、色白の頬にはうっすらと雀斑(そばかす)があり、ほとんどスッピンに近いが健康的な肌をしていた。

歯並びも綺麗で、ぬらりと光沢があり、奥歯に数カ所の治療痕はあるが今は虫歯もない。

湿り気ある吐息は花粉のように甘い刺激が含まれ、濃度は三。綺麗な鼻の穴の奥まで見えるので、女の子は恥ずかしいだろう。恵美も微かに呼吸しながら、居心地悪そうに尻をモゾモゾさせていた。

「歯石の掃除はする？」

「い、いえ、結構です。今度また……」

言うと恵美は可憐な吐息で答え、雄吾も仕方なく身を離して背もたれを戻した。

恵美はすぐ受付に戻り、乃梨子と段取りの打ち合わせをした。

雄吾は退屈なので、機器の確認だけして、あとは診察ベッドに座ってのんびりしていた。

そして十時の開業時間となった。

すでにネットでの予約が入っていたのか、すぐにも一人の若い女性が来院してきた。待合室で待たせることもなく、乃梨子は奥のテーブルでコースの打ち合わせをした。

希望はホワイトニングなので、その前に雄吾が検診をした。

二十代後半のOLで、早めの夏期休暇を取ったらしい。顔立ちは平凡だが、もちろん雄吾が欲情しない女性はこの世にいない。

それでも、さすがに患者相手の時は彼もマスクを着けるから口臭チェックまでは出来ず、一通りの検診を済ませて表に書き込んだ。

そこで、彼は恵美とバトンタッチした。歯石の除去は恵美の仕事である。

女性専用のクリニックなので、来る患者は極力女性スタッフが相手をするようにし、雄吾の出番は治療の時だけなのだった。

彼はまた休憩に入り、恵美の作業を眺めた。まあ初日から大忙しというわけにはいかないだろう。

恵美がスケーラー（歯石取りピック）を使い、口に入れた排唾管（はいだかん）がジュルジュルと、コップに残った水をストローで吸うような音を立てていた。

（ああ、若い娘は唾液が多くてジューシーなんだなあ。全部飲みたいなあ……）

雄吾は思い、落ち着きかけた股間がまた熱くなってしまった。

恵美はなかなか手際よく、患者も痛みで手を挙げることなく、全て完了したようだ。

背もたれが上がり、患者がスピットン（うがい用の流し）で口をすすいだ。

吐き出す水に最初は少量の血が混じったが、すぐに止まったようだ。口腔の掃除を終えると、患者はハンケチで口を拭きながら移動し、今度はベッドに仰向けになって乃梨子のホワイトニング治療を受けた。

乃梨子は、Cの字を向かい合わせにしたような開口器を装着し、患者の歯並びを丸見えにさせた上で、高濃度の薬剤をマニキュアのように前歯に塗り付け、光を照射して短時間で施術を終える。

光の届かない奥歯には効果はないが、見える部分だけで充分である。

（うう、治療がしたい……）

雄吾は、せっかく復帰したのだから腕が鳴って仕方がなかった。

何しろ、好みの女性の口の中を見たりいじったりしたいために、この仕事を選んだのだ。男や老婆などは、良い思いをするオマケのように仕方なく診てきたがこのクリニックは女性専用なので理想の職場だ。

やがて治療が終わり、患者は帰っていった。午前中はその一人だけ。皆で交代で昼食を取りに出て、午後一番には来客があった。

「なんだ、加奈なの」

「ええ、ママ、開業おめでとう」

来たのは、乃梨子の一人娘の加奈であった。まだ十八歳の大学一年生。もちろん雄吾は初対面で、その可憐さに目を見張った。

しかし加奈は、開業祝いの鉢植えを持って来ただけで、またすぐ大学へ戻ってしまったのだった。

5

「まあ午後も二人来たのだから、初日にしちゃ上出来だよ」

夕方六時に閉院し、恵美も帰ってから雄吾は乃梨子に言った。

「ええ、でも一回きりだから、一般歯科のように通ってもらえないわね」

乃梨子が答え、さすがに疲れたようだった。

「それは最初から承知の上だろうからね、そのうち口コミで広がるよ」

「初日から焦らないで。まだ始まったばかりなんだから」

「そうね」

「有難う。心強かったわ。花山先生がいてくれて」

颯爽たる乃梨子が気弱そうに言った。

それでも巨体の雄吾がいるだけで、何となく安心感はあったようだ。それに肌を重ねて、依頼心も芽生えはじめているのかも知れない。

「どうする、夕食に行く?」

「いいえ、加奈も帰ってくるから、まっすぐ帰るわ」

「そう、どうかゆっくり休んでお風呂に入って、明日また元気に来てね」

「ええ、明日もお願いします」

乃梨子はあらたまった口調で言い、白衣を脱いで掛けた。

「ね、また抱きたい」

雄吾も白衣を脱いで、Tシャツ姿で彼女に迫った。

「ダメに決まっているでしょう。昨日の今日またすぐだなんて。それに明日起きられなくなってしまうから」

乃梨子は首を横に振ったものの、雄吾を嫌う素振りはなかった。

「じゃ、せめてお口でして。すぐ済むから。そうしたら元気いっぱいのエキスが吸収できるよ。ほら、だってもうこんなに」

雄吾はテントを張った股間を突き出して言った。

「嫌よ。指でならいいわ……」

「本当……？」

勇吾は嬉々としてベルトを外し、下着ごとズボンを膝まで下ろすと、背もたれを倒した診察台に座った。

乃梨子も傍らに立ち、勃起したペニスをやんわりと握って動かしてくれた。

初日を終えた安堵感に気が抜けたか、神聖な職場でもちゃんと愛撫してくれるのが嬉しかった。

「ああ、気持ちいい……」

雄吾は乃梨子の愛撫に身を任せながら喘ぎ、彼女の顔を引き寄せた。すると彼女もピッタリと唇を重ねてくれ、ネットリと舌をからませてきた。

彼は滑らかに蠢く美女の舌の感触と、生温かな唾液に高まった。

「唾をいっぱい飲ませて……」

口を離して言うと、乃梨子は少し驚いたように身じろいだ。

それでも懸命に唾液を分泌させて形良い唇をすぼめ、白っぽく小泡の多い唾液をトロトロと吐き出してくれた。

舌に受けて味わい、雄吾はうっとりと喉を潤して酔いしれた。

「だいぶストレスが溜まってるね。ムチン（粘着成分）の濃度が高い」

「息の濃度も上がっている？」

「疲労と空腹で、四・五ぐらい。でもいい匂い」

「まあ……」

乃梨子は羞恥に声を洩らした。しかし雄吾は顔を引き寄せたまま、熱く湿り気ある美女の吐息をうっとりと嗅ぎ続けた。

興奮に、乃梨子の手のひらの中のペニスがヒクヒク震えると、彼女もニギニギと愛撫を強くしてくれた。

「ねえ、乃梨子先生の割れ目舐めたい」

「ダメよ」

「せめてオッパイを吸いたい。足の指だけでもいい」

「無理よ。最後までしてしまいそうだから、どうか休日の前まで待って……」

彼が哀願すると乃梨子は答え、リズミカルな愛撫を繰り返した。

「ああ……、いきそう……」

「気持ちいい？」

彼が喘ぐと、乃梨子も甘い息で囁いた。

「舐めて……」

言いながら乃梨子のかぐわしい口に鼻を押しつけると、彼女も舌を這わせ、チロチロと鼻の穴を舐め、まるでフェラチオするようにしゃぶってくれた。

白粉臭の吐息と唾液の匂いに包まれ、雄吾は溶けてしまいそうな快感にクネクネと身悶えた。

すると乃梨子が舌を引っ込めるなり、いきなり顔を移動させ、彼の股間に熱い息を吐きかけてきたのである。

そのまま亀頭にしゃぶり付き、舌をからめながらスッポリ含んで、チュッチュッと吸い付いてくれたのだ。

「アア……、いい……」

雄吾は唐突なフェラチオに喘ぎ、思わずズンズンと股間を突き上げた。

乃梨子も合わせて小刻みに顔を上下させ、濡れた口でスポスポと強烈な摩擦を繰り返してくれた。

先端がヌルッとした喉の奥に触れるたび、

「ク……」

乃梨子が小さく呻いて息を籠もらせ、さらに多くの唾液を溢れさせて濃厚なおしゃぶりを続けてくれた。

雄吾は、まるで美女の馨(かぐわ)しい口の中に全身が呑み込まれ、舌に転がされ唾液にまみれているような錯覚の中、あっという間に昇り詰めてしまった。

「い、いく……！」

雄吾は大きな絶頂の快感に口走りながら、熱い大量のザーメンをドクンドクンと勢いよくほとばしらせた。

「ンンッ……」

喉の奥を直撃された乃梨子が呻き、さらにチューッと強く吸い付いてくれた。

吸われると、脈打つリズムが無視され、何やらペニスがストローと化し、陰嚢から直接吸い出されるような大きな快感が得られた。

「あうう、すごい……」

雄吾は魂まで吸い取られるような思いで腰を浮かせ、呻きながら心置きなく最後の一滴まで出し尽くしてしまった。

硬直を解いてグッタリと身を投げ出すと、診察台がギシギシと鳴った。

乃梨子もようやく激しい吸引と舌の蠢きを止め、亀頭を含んだまま口に溜まったザーメンをゴクリと一息に飲み干してくれた。

「く……」

嚥下（えんげ）とともに口腔がキュッと締まり、彼は駄目押しの快感に呻いた。

彼女もやっとチュパッと口を引き離し、なおも余りをしごくように幹を握って動かし、じんわりと尿道口に脹らむ白濁の雫まで、丁寧にヌラヌラと舐め取ってくれた。

「あう……、も、もういい、どうも有難う……」

雄吾はヒクヒクと過敏に反応しながら、降参するように腰をよじった。

そして力を抜いて荒い呼吸を繰り返し、初日の診察台で射精してしまった興奮に、いつまでも動悸（どうき）が治まらなかった。

乃梨子も舌を引っ込めて顔を上げ、チロリと淫らに舌なめずりすると、大仕事でも終えたように太い息を吐いた。

「ああ、診察室でしちゃったわ……」

「うん、ごめんね」

「いいの、自分でしたことだから……」

乃梨子が言い、雄吾も身を起こして診察台を降り、身繕いした。

「じゃ、私帰るわ。また明日もお願いします」

彼女が言い、先に出て行った。雄吾も信頼され、鍵を預かっている。

やがて呼吸を整えると、雄吾は窓の戸締まりをしてエアコンを切り、トイレの様子も見て回った。

「あ、恵美ちゃんの制服とサンダルがあるね。嗅いで抜こうかな。いやいや、もっと何日も匂いが沁み付いてからの方がいいね」

射精したばかりなのに雄吾は独りごち、汚物入れが空なのも確認してから各スイッチを切って灯りを消し、やがてクリニックを出ると施錠して、三階の自室に戻ったのだった。

そして鼻に残る乃梨子の唾液の香りを感じながら夕食の仕度をして、買っておいた缶ビールを冷蔵庫から出して飲んだ。

一人の外食はせず、マメに自炊する方である。それでも飯はレトルトだし、食材も冷凍物をチンするだけだった。

しかし汚い四畳半時代に比べると、格段に良い暮らしである。

　ギャンブルも風俗も縁がなく、深酒もしない方だから、乃梨子からの給料で家賃と食費はまかなえ、そのうえ乃梨子が恋人になってくれればもう何も言うことはない。

　しかし生来の女好きの性がムクムクと頭をもたげ、雄吾はまだ触れていない女性たち、恵美や加奈にも熱い欲望を向けてしまうのだった。

第二章　美少女のいけない欲望

1

「あれ？　今日はママは大学病院の方に行っているよ」

「まあ、そうだったわ……」

数日後の閉院間際に、いきなり乃梨子の娘の加奈が来たので雄吾は言った。

すでに後片付けを終えた恵美は、先に帰っていた。

あれからホワイトニングの方はどんどん患者がやって来て、まだ雄吾の一般治療の患者は来ていなかった。

それでも彼は検診をスムーズに行い、乃梨子も徐々に緊張や不安を解いて本来の颯爽さを取り戻しはじめていた。

しかし、仕事に夢中になってくると疲れを残したくないのか、乃梨子はあれ以来なかなか雄吾の求めに応じてくれなくなっていた。

「今夜はお友達の家で勉強するから帰らないと言っておいたので、ママも遅いかも知れないわね。急にドタキャンになったから寄ったのだけれど」

「そう、じゃ一緒に夕食でもしようか」

「わあ、本当ですか」

誘うと、加奈は大喜びではしゃいだ。

ショートカットで笑窪と八重歯が愛らしく、彼女がいるだけで、ふんわりと生ぬるく甘ったるい芳香が感じられた。

やがて雄吾は一緒にクリニックを出て、戸締まりをした。

近くのレストランに入り、雄吾は生ビールを飲み、一緒に料理を頼んだ。

一人だと自宅ばかりなので、誰かとの外食も実に久しぶりだった。まして見るからに無垢な美少女が相手なら言うことはない。

ステーキが来ると彼は赤ワインに切り替えて飲み、加奈も遠慮なく旺盛な食欲を見せた。

話では、加奈は医大ではなく、女子美大であった。

「へえ、絵が好きなんだね」

「はい、中学高校とずっと美術部でした。医大に行くと、もしかしてパパみたいな人に出会うような気がして」

「そう、パパのことは嫌いかい？」

「あんまり覚えていないけれど、優しくされた記憶がないんです。瘦せててメガネをかけて、いつもしかめっ面をして」

「へえ、じゃ僕と正反対だね」

「ええ、だから初めて花山先生を見たとき、すごく好きになっちゃいました。何だか色白のくまモンみたいで」

加奈はよく食べてよく話してくれた。

雄吾も、可憐な美少女が美味しそうに食べている様子を見ているだけで胸がいっぱいになった。もちろん欲情して来たが、さすがの彼も十代の女の子を相手にしたことはない。

「彼氏はいないの？」

「お付き合いしたことは一回もないです。ずっと女子校だったし、今も合コンとか行く気はしなくて。若い男の子は軽い感じで好きになれません」

加奈が言う。やはり親の離婚から父親を嫌いつつ、どこかうんと年上の男に憧れを寄せているのかも知れない。

「今夜お泊まりするはずだったのは？」

「もちろん女の子ですよ。風邪気味なので、今日はよそうって」

「そう、まだママに帰るメールをしていないのなら、僕のお部屋に泊まっちゃいなさい。クリニックの上の階だから」

「わあ、本当ですか」

冗談めかして言ったのに、加奈は笑顔で答えた。それこそ冗談なのか、あるいはうんと年上で、母親の乃梨子も信頼している歯科医だから何も心配していないのかも知れない。

もし加奈が泊まるとしたら、雄吾は大人としての節度がどこまで保てるか自信がなかった。

乃梨子も、雄吾が他の女性に手を出さないために、我が身を投げ出して性欲を解消してくれたのだが、まさか実の娘が危機に際しているなど夢にも思っていないだろう。

やがて食事を終え、雄吾は会計をして二人で店を出た。

「本当に来る？」

「ええ、お邪魔でなければ、何だか楽しそう」

言うと、加奈は本当についてきてしまった。どうせ母親に一泊の許可はもらっていたから、開放的な気分になっているのだろう。

「でも、ママには絶対に内緒だよ」

「ええ、もちろんです」

加奈は答え、やがてコンビニの横からビルに入り、エレベーターで三階に上がり、雄吾は鍵を開けて彼女を招き入れた。

「わあ、綺麗（きれい）にしているんですね」

「引っ越してきたばかりだからね」

上がり込んだ加奈がワンルーム内を見回して言い、雄吾は答えながらドアをカチリと内側からロックした。

（密室だ、こんな可憐な美少女と二人きりで……）

彼は思い、烏龍茶（ウーロンちゃ）を出した。

「じゃ、全くの処女なの？　キスも知らない」

「ええ、女の子同士でキスしたことはあるけど、男性に触れたことはないです」

訊くと、加奈が正直に答えた。女の子同士も、ふざけ合ってキスした程度のものだろう。

「でも、お友達の家でアダルトＤＶＤは見たことあります。ヌードデッサンと違って、すごく勃つんですね」

無邪気に言われると、雄吾は清らかな気持ちになる反面、肉体の方はムクムクと反応してきてしまった。

「そう、処女に男の裸を見せるなんて、いけないね」

「でも、授業の一環だから」

加奈が言い、勝手にテレビを点けた。

「じゃ、僕は一日働いて汗かいたから、シャワー浴びてくるね。ゆっくりしてなさい」

雄吾は言い置き、脱衣所に入った。ダメ元でもいいから、いつでも臨戦態勢に入れる準備を整えておきたかったのだ。

手早く全裸になり、バスルームに入ってシャワーの湯を浴びた。そして左手にボディソープを取って耳の裏側や腋の下、股間を念入りに擦り、右手では慌ただしく歯を磨き、放尿も済ませた。

そして口をすすいで全身を洗い流すと、さっぱりして脱衣所に戻って身体を拭いた。

服を着ようかとも思ったが、真夏のことだから構わないだろうと、腰にバスタオルだけ巻いて部屋に戻ったが、特に加奈は気にならないようだ。

「ね、先生は昔ママのことが好きだったの？」

「うん、ママは綺麗だしね、医師としてもカッコ良かったよ」

「そう、ママも先生みたいな人を選べば良かったのに」

加奈が言い、並んで座った裸の彼に横から寄りかかってきた。

よほど相性が良かったのか、彼女は最初から雄吾に好印象を持っているようだった。

「でも、女好きでクビになったりしちゃったんだよ。聞いているでしょう？」

「ええ、でも好きだから告白しただけじゃないのかしら」

「うん、その通り。でもモテ期じゃないときは、何をやってもダメだったよ。同じ台詞でも、嫌いな人に言われるとセクハラと思うだろうからね」

雄吾は言いながら、何やら今、人生で最大のモテ期が来ているのかも知れないと思った。

「大きなぬいぐるみの、クマのプーさんみたい……」

加奈は彼の二の腕に頬を当て、腕を組んで言った。

「こないだまでプーのクマさんだったけどね。それを助けてくれたのがママなんだよ」

「きっとママも、前から先生を好きだったんだわ」

「そうかなあ……」

雄吾も答えながら彼女の肩に手を回し、しなやかな黒髪に唇を押し当てた。

ふんわりしたリンスの香りに、ほのかに乳臭い匂いが交じって清らかに鼻腔を刺激してきた。

すると加奈が、彼の腰のバスタオルをめくって、勃起したペニスを露わにしてしまった。

「すごい……、こんなに勃ってる、AVみたいに……」

「だって、こんな可愛い美少女が一緒にいてくれるんだからね」

「可愛いなんて言わないで。もう大学生なんだから」

「そう、じゃいっそのこと今夜大人になっちゃおうか」

雄吾は、無垢な熱い視線を受け、幹をヒクヒク震わせながら言った。

「私もシャワー浴びてきます……」

加奈も決心したように、モジモジと言った。

「あ、それはあとにしようよ」

「だって、私も今日は体育があったりしたから汗をかいているわ」

美大でも一年生は体育があるようだ。

「ううん、それがいいんだ。オジサンはナマの匂いが大好きだからね。せっかくの匂いを洗って消したら、それは鰻重の鰻を洗って食べるのと一緒だよ」

言っても加奈は意味が分からなかったようだが、とにかく雄吾は一緒に立ち上がり、彼女を奥のベッドの方へと誘ったのだった。

2

（ゆ、夢じゃないだろうか。こんな可愛い子と、しかも乃梨子先生の娘と……）

雄吾は思い、加奈を見ているだけで、ときめきと緊張だけでも暴発しそうに高まってしまった。

乃梨子への済まなさは、特に湧かなかった。

大学一年の夏まで無垢だったのが奇蹟（きせき）であり、彼がしなくても、いずれ加奈は近々ドーデモいい男子学生にやられてしまうのである。

女体の扱いも知らないガキにされるよりは、大人の自分が丁寧にする方がずっと良いに決まっているのだ。

「じゃ、脱いでね、全部」

「本当にいいのかしら。シャワー浴びなくて……」

「うん、大丈夫だよ」

「もし、うんと臭かったらどうします？」

「もっと好きになってしまうよ」

雄吾が言って、全裸でベッドに仰向（あおむ）けになると、加奈も意を決してブラウスのボタンを外しはじめた。

脱ぐとなると、もうためらいはなく、彼女はブラウスとスカートを脱ぎ、ブラを外してベッドの端に座ると、屈（かが）み込んでソックスを脱ぎ、腰を浮かせて最後の一枚も脱ぎ去ってしまった。

一糸まとわぬ姿になると、さらに甘ったるい汗の匂いが解放されて、ふんわりと生ぬるく漂った。

やがて加奈は、モジモジと胸を隠しながら向き直ってきた。

「じゃベッドに乗って、ここに座ってみて」

雄吾が言って自分の下腹を指すと、加奈も恐る恐る這い上がってきた。

「おなかに跨いで座るんですか……」

「うん」

雄吾は答え、彼女の手を引いて跨がらせた。加奈も観念して腰を下ろし、彼の下腹に無垢な割れ目を密着させて座り込んだ。

「ああ……、なんか変な感じ……」

加奈が言い、温もりを伝えながら身を縮めた。割れ目も微かに湿っているようだった。

雄吾は両膝を立て、そこに加奈を寄りかからせ、足首を摑んで引っ張った。

「両足を僕の顔に乗せて」

「そ、そんな、先生の顔を踏むなんて。それに重いですから……」

「ううん、僕の体重の半分以下なんだから。さあ」

言いながら引き寄せると、加奈も座りにくそうに股間を擦りつけながら、とうとう両脚を伸ばし、足裏を彼の顔にそっと乗せてくれた。

「ああ、気持ちいい。美少女の椅子になった……」

雄吾は重みと温もりにうっとりと言い、美少女の全体重を受け止めて、急角度に勃起したペニスでトントンと彼女の腰をノックした。

「大丈夫ですか……」

「うん、頑丈に出来ているからね」

雄吾は答えながら、彼女の両の足裏に舌を這わせ、指の間に鼻を割り込ませて嗅いだ。そこは汗と脂にジットリと湿り、ムレムレの匂いが生ぬるく濃厚に沁み付いていた。

美少女の足の匂いを充分に貪ってから、彼は爪先にしゃぶり付き、順々に指の股にヌルッと舌を潜り込ませて味わった。

「あん……、ダメ、くすぐったい……」

加奈がクネクネと腰を動かし、そのたびに潤いを増した割れ目が下腹に擦りつけられた。

雄吾は両足とも全て舐め尽くすと、加奈の両手を握って引っ張った。

「前に進んで、顔に跨がってね」

「ええっ、そんなこと出来ません……」

言うと、加奈は文字通り尻込みしながらもそろそろと彼の上を前進してきた。

やがて彼女は雄吾の顔の左右に足を踏ん張り、引っ張られるまま和式トイレスタイルでしゃがみ込んでくれた。

脚がM字になり、白い太腿も脹ら脛もムッチリと張り詰め、ぷっくりした割れ目が鼻先に迫ってきた。

ヴィーナスの丘には、ほんのひとつまみほどの若草が恥ずかしげに煙り、縦線の割れ目からはピンク色をした小振りの花びらが僅かにはみ出していた。

思春期の熱気と湿り気を顔中に感じながら、彼がそっと指を当てて陰唇を左右に広げると、中の柔肉はヌメヌメと蜜に潤い、処女の膣口が襞を入り組ませて息づいていた。

何という綺麗な眺めだろう。

小さな尿道口も確認でき、包皮の下からは乃梨子よりずっと小粒のクリトリスも光沢を放って顔を覗かせていた。

もう堪らず、雄吾は腰を抱き寄せ、中心部にギュッと鼻と口を押し付けた。

柔らかな若草の隅々には、甘ったるい汗の匂いが籠もり、それにほのかなオシッコの匂いと、処女の恥垢らしいチーズ臭も入り交じっていた。

雄吾は何度も吸い込んで美少女の匂いを嗅ぎ、鼻腔を悩ましく刺激されながら舌を這わせていった。

陰唇の表面は、汗か残尿か判然としない微妙な味わいがあり、中に差し入れるとヌルリとした淡い酸味の愛液が感じられた。

舌先で無垢な膣口の襞をクチュクチュ掻き回し、クリトリスまで舐め上げていくと、

「アアッ……！」

加奈が熱く喘ぎ、思わずギュッと座り込みそうになり懸命に彼の顔の左右で両足を踏ん張った。

「ここ、気持ちいいでしょう？」

「ええ……、でも恥ずかしい……」

真下から舐められ、加奈は息を弾ませて答えた。それでも十八ともなれば、指の挿入はともかく、自分でクリトリスをいじってのオナニーぐらい経験しているだろう。

雄吾は美少女の味と匂いを堪能し、溢れてくる蜜をすってから、さらに顔を

移動させて白く丸い尻の谷間に潜り込んでいった。

谷間の蕾は綺麗な薄桃色をして、襞を引き締めてひっそり閉じられていた。

鼻を埋め込むと、顔中にひんやりした双丘が密着し、淡い汗の匂いに混じって秘めやかな微香も籠もって、鼻腔を刺激してきた。

雄吾は美少女の恥ずかしい匂いを貪ってから、チロチロとくすぐるように舌先で蕾を舐めて濡らし、ヌルッと浅く潜り込ませた。

「あう……、ダメ……」

加奈が驚いたように呻き、肛門でキュッと舌先を締め付けてきた。

雄吾が内部で舌を蠢かせ、滑らかな粘膜を味わうと、すぐ鼻先で息づく割れ目からトロリと愛液が溢れて滴ってきた。

彼も舌を移動させ、ヌメリをすすりながら再び割れ目に戻ってクリトリスにチュッと吸い付いた。

「ああ……、もうダメ……」

加奈は上体を起こしていられずに突っ伏し、彼の顔の上で亀の子のように四肢を縮めてしまった。

なおもクリトリスを舐め続けると、小さなオルガスムスの波を感じたように彼女はヒクヒクと肌を震わせ、やがてグッタリとなった。

やはり初回から顔を跨がせ、刺激が強烈すぎたらしい。

雄吾は這い出し、彼女を仰向けにさせて添い寝していった。

そしてハアハアと荒い息遣いを繰り返して正体を失くした加奈の腋の下に鼻を埋め、生ぬるく湿って甘ったるい汗の匂いを吸収した。

思春期の体臭で充分に胸を満たすと、彼は乳房に移動し、初々しい薄桃色の乳首にチュッと吸い付いて舌で転がした。

「アア……」

刺激に、加奈は息を吹き返したように小さく喘ぎ、くすぐったそうにクネクネと身悶えはじめた。

膨らみは、まだ処女の硬い弾力を秘めていたが形良く、いずれは乃梨子のような巨乳になる兆しが見えるようだった。

雄吾はのしかかって左右の乳首を交互に含んで舐め、もう我慢できず再び彼女の股間に潜り込んでいった。

大股開きにさせて顔を埋め、処女でいる間の匂いを胸いっぱいに嗅いでから身を起こし、勃起したペニスを構えて中心部に迫った。そして幹に指を添え、ヌメリを与えるように先端を擦りつけた。

「いい？」

位置を定めて訊くと、加奈が目を閉じたまま小さくこっくりした。

雄吾がグイッと腰を進めると、張り詰めて太い亀頭が処女膜を丸く押し広げて侵入し、あとは潤いに合わせて入れると、ペニスはヌルヌルッと滑らかに根元まで吸い込まれていった。

3

「ああッ……！」

加奈が眉をひそめて喘ぎ、キュッときつく締め付けてきた。

雄吾は根元まで挿入して股間を密着させ、肉襞の摩擦と熱いほどの温もりを感じながら身を重ねていった。

処女を征服した感激に包まれ、彼はまだ動かずに上から可憐な唇を奪った。

ぷっくりとしたグミ感覚の柔らかな感触が伝わり、産毛の震える水蜜桃（すいみつとう）のような頬を間近に眺めた。

乾いた唾液の香りに混じり、熱く湿り気ある息が甘酸っぱく匂った。

舌を挿し入れ、滑らかな歯並びを左右にたどると愛らしい八重歯に触れた。

舐めていると加奈もオズオズと歯を開いて受け入れてくれ、雄吾は温かな口の中に潜り込ませていった。

滑らかな舌を探ると、次第に加奈も遊んでくれるようにチロチロと小刻みに蠢かせてくれた。

美少女の舌は生温かな唾液にまみれて実に美味しく、雄吾は執拗にからみつかせては唾液と吐息に酔いしれた。

動かなくても、膣内は息づくような収縮が繰り返され、刺激されたペニスがヒクヒクと震え、またそれで加奈が感じてキュッと締め付けてきた。

「アア……」

加奈が口を離し、顔を仰け反らせて喘いだ。

雄吾はその口に鼻を押し込むようにして、熱い吐息を嗅いだ。

鼻から洩れる息よりも果実臭が濃く、胸の奥が切なくなるほど可愛らしい匂いだ。食後だけれど濃度は四だから、やはりジューシーな唾液でだいぶ洗浄されてしまったのだろう。

彼は美少女の息の匂いに高まり、徐々に腰を動かしはじめた。

様子を探りながら小刻みに律動すると、

「あう……」

加奈が、破瓜の痛みに小さく呻いた。

「痛い？　無理なら止そうか」

「大丈夫……」

彼女が健気に答え、両手でしっかりとしがみついてきた。

それでも愛液だけは乃梨子に似て多めで、次第に動きもヌラヌラと滑らかになり、微かにピチャクチャと湿った摩擦音が聞こえてきた。

そして雄吾も、いったん動いてしまうとあまりの快感に腰が止まらなくなってしまった。

加奈もいつしか痛みが麻痺したか、懸命に嵐が過ぎるのを待っているようだ。

どちらにしろ初回から快感を得るのは無理だから、彼も長引かせず一気にフィニッシュを目指すことにした。

股間をぶつけるように突き動かし、かぐわしい息を嗅いでいると、たちまち雄吾はオルガスムスに達してしまった。

「い、いく……」

突き上がる大きな快感に呻き、熱い大量のザーメンをドクンドクンと勢いよく内部に放った。

「アア……」

すると噴出を感じたように加奈が声を洩らし、キュッと締め付けてきた。

内部に満ちるザーメンに、さらに動きがヌラヌラと滑らかになった。

雄吾は心地よい摩擦の中で、最後の一滴まで出し尽くし、ようやく勢いを弱めてもたれかかっていった。

そして内部でヒクヒクと幹を震わせ、果実臭の息を嗅ぎながら、うっとりと快感の余韻を噛み締めたのだった。

（とうとう処女を奪ってしまった。しかも乃梨子先生の一人娘の……）

雄吾は荒い呼吸を繰り返しながらも後悔はなく、すっかり満足しながら力を抜いていった。

しかし重いだろうからそろそろと腰を引き離し、ゴロリと添い寝して加奈を抱き締めた。

「大丈夫？」

「ええ……」

囁(ささや)くと加奈が小さく答え、彼女もようやく大学一年生で初体験をした感慨を嚙み締めるように、横からきつくしがみついてきた。

やがて呼吸を整えると、雄吾は手を伸ばしてティッシュを取り、手早くペニスを拭き清めて身を起こした。そして加奈の股間に潜り込み、処女を失ったばかりの割れ目に顔を寄せた。

可憐な花びらが痛々しくめくれ、膣口から逆流するザーメンにはうっすらと血の糸が走っていた。

その鮮血に、あらためて彼は初物を奪ったという実感が湧いた。

しかしほんの少量で、ティッシュを押し当ててヌメリを拭うと、もう出血は治まっていた。

「痛いかな?」

「ううん……、でもまだ中に何かあるみたいな感じ……」

加奈が、初めての感覚を探るように答えた。

やがて互いの股間の処理を終えると、雄吾は彼女の手を引いて起こし、一緒にベッドを降りてバスルームに行った。

シャワーの湯で全身を洗い流し、加奈もようやくほっとしたようだ。

「ね、ここに立って」

雄吾は床に座ったまま言い、目の前に加奈を立たせた。そして片方の脚を浮かせてバスタブのふちに乗せさせ、開いた股に顔を埋めた。

残念ながら若草に籠もっていた匂いも薄れてしまい、それでも舌を挿し入れて舐めると、新たな蜜が溢れて舌の動きを滑らかにさせた。やはり乃梨子に似て、相当に濡れやすいたちのようだ。

「ね、オシッコ出して」

「え……？　そんなこと無理です……」

股間から言うと、加奈が文字通り尻込みして答えた。

「でも出るでしょう。少しでいいから」

「どうして、そんなこと……」

「天使のような美少女でも、ちゃんとするのかどうか知りたいから」

「だって、顔にかかるわ……」

加奈がガクガクと膝を震わせながら言った。

「大丈夫。出したては無菌だし、すぐに洗い流すから」

雄吾は言いながら内部を舐め回し、クリトリスにチュッと吸い付いた。

「あん……、ダメ、吸ったら本当に出ちゃいそう……」

加奈が言い、する気になってきたなと雄吾は思い、嬉々として舌の蠢きと吸引を繰り返した。

「あう……、出るわ、離れて……」

尿意の高まった加奈が声を上ずらせると同時に、舐めている柔肉が迫り出すように盛り上がり、味わいと温もりが変化してきた。

そしてチョロチョロと温かな流れがほとばしり、雄吾は舌に受け止めながら味わい、喉に流し込んだ。

味と匂いは実に控えめで淡く、何の抵抗もなく飲み込めるのが嬉しかった。

そして、出来れば処女のうちに飲んでみたかったと思ったが、もう遅い。

「アア……」

ゆるゆると放尿しながら喘ぎ、加奈は彼のスキンヘッドに両手で摑まって身体を支え、いったん放たれた流れは止めようもなく勢いを増していった。

飲み込むのが追いつかず、口から溢れた分が温かく胸から腹に伝い流れ、ムクムクと回復したペニスを心地よく浸してきた。

それでもピークを過ぎると、急激に勢いが衰えていった。

雄吾は最後まで飲み干し、なおも舌を挿し入れて余りの雫をすすったが、すぐにも新たな愛液が湧き出して舌の動きがヌラヌラと滑らかになり、残尿が洗い流されるように淡い酸味が満ちていった。

「も、もうダメ……」

加奈が声を震わせて言い、脚を下ろすと力尽きたように、そのままクタクタと座り込んでしまった。

雄吾は抱き留め、残り香を味わいながら、もう一度互いの全身を洗い流した。

そして支えながら立ち上がって脱衣所に出ると、美少女の身体を拭き、全裸のまま一緒にベッドに戻ったのだった。

あまりの感激と愛しさに、もう一回ぐらい射精しておかないと興奮で眠れそうになかった。

添い寝すると、ようやく加奈も落ち着きを取り戻したようだ。

「どうして飲んだりするの……」

「だって、この世で一番綺麗な天使から出たものだからね、飲むと幸せになれると思って」

雄吾は言いながら、完全に勃起したペニスをヒクヒクさせた。

そして彼は仰向けになり、加奈を抱き寄せて上から顔を迫らせてもらった。

「唾を垂らして。いっぱい飲みたい」

囁くと、加奈もまだ初体験の余韻に朦朧となり、すぐにも唾液を分泌させ、愛らしい唇を突き出し、白っぽく小泡の多い唾液をトロトロと吐き出してくれた。

それを舌に受け、雄吾は生温かなシロップを味わい、うっとりと飲み込んで酔いしれたのだった。

4

「美味しいの？　味なんかないと思うけれど……」

加奈が不思議そうに言った。

雄吾はそのまま彼女の顔を引き寄せ、可憐な口に鼻を押し込んで、湿り気ある甘酸っぱい息を嗅いだ。

「ああ、なんていい匂い。もっと吐きかけて……」

胸いっぱいに吸い込みながら言うと、加奈は羞じらいながらも無邪気に熱い息を吐きかけてくれた。

　自分の吐息が、どれほど中年男を惑わせるかなど思いもしないのだろう。

　そして彼女の口に指を挿し入れ、奥の方まで上下左右の歯並びをたどった。

「虫歯はないようだね」

「ええ、小さい頃からママに磨き残しがないようにうるさく言われていたから。成人したら、八重歯も抜くかも」

「それは勿体ないなあ。可愛いのに」

　雄吾は言って美少女の口の中をいじり回してから、再びかぐわしい口に鼻を押し込んだ。

「舐めて……」

　言うと加奈も舌を這わせ、彼の鼻の穴を舐め回してくれた。

　甘酸っぱい果実臭に、ほんのりと唾液の匂いも混じって鼻腔を刺激し、清らかな唾液が鼻の穴を濡らした。

「ああ、嬉しい……」

　雄吾は美少女の口の匂いを貪りながら喘ぎ、加奈の手を握って勃起したペニスに導いた。すると彼女もやんわりと手のひらに包み込み、ニギニギと動かしはじめてくれた。

「ああ……、顔中ヌルヌルにして……」

快感に喘ぎながら言うと、加奈もペニスを指で愛撫しながら彼の顔に舌を這わせてくれた。舐めるというより、垂らした唾液を舌で塗り付ける感じで、たちまち雄吾の顔中は美少女の清らかな唾液でヌルヌルにまみれ、甘酸っぱい芳香に包まれた。

「気持ちいい……、またこんなに勃っちゃった……」

「でも、今日はもう入れないで。何日か経ったら、またしてもいいから」

加奈が、嬉しいことを言ってくれた。

「うん、じゃお口でしてくれる？」

言って加奈の顔を押しやると、彼女も素直に移動してくれた。

「まずここ舐めて」

乳首を指して言うと、加奈もすぐにチュッと吸い付き、熱い息で肌をくすぐりながらチロチロと舐め回してくれた。

「あう、いい気持ち……、嚙んで……」

言うと彼女もそっと前歯で乳首を挟んだ。

「もっと強く……」

「大丈夫？」

加奈は気遣いながらも、彼がクネクネと身悶えて悦ぶので、次第に力を入れてキュッキュッと嚙んでくれた。

「あうう……、美少女に食べられていく……」

雄吾は甘美な刺激に呻き、加奈も左右の乳首を愛撫し、さらに肌を舐め降りていった。そして大股開きになって彼女を真ん中に腹這わせ、雄吾は大胆にも自ら両脚を浮かせて抱えた。

「嫌でなかったら、少しでいいからお尻舐めて……」

拒まれるかも知れないと思い恐る恐る言ったが、加奈は厭わず尻の谷間に舌を這わせてくれた。湯上がりだから別に嫌ではないようで、チロチロと肛門に滑らかに舌を這わせた。

そして充分に濡らしてからヌルッと押し込み、熱い鼻息で陰嚢をくすぐった。

「あう……、気持ちいい……」

雄吾は呻き、肛門で美少女の舌先をキュッキュッと締め付けたが、申し訳ない気がしてすぐに脚を下ろした。

「ここも舐めてね」

陰嚢を指して言うと、加奈は袋全体にヌラヌラと舌を這わせ、二つの睾丸を転がしてくれた。そしてチュッと吸い付かれると、

「く……、そ、そこは急所だから優しくしてね……」

雄吾は思わず腰を浮かせて呻いた。

加奈は吸引を止め、再び優しく袋を舐め回してくれた。

「じゃ、ここも可愛がって。ここだけは決して歯を当てないようにね」

彼が言ってヒクヒクと幹を震わせると、加奈も身を乗り出し、ペニスに熱い視線と息を注いできた。

「こんな太いのが入ったの……」

彼女は目を凝らして呟き、青筋立った幹に触れ、張りつめて光沢を放つ亀頭も撫で回した。

せがむように幹を上下させると、ようやく加奈も舌を伸ばし、粘液の滲む尿道口をチロッと舐めてくれた。

「あう……」

雄吾が感激と快感に呻くと、加奈も別に不味くなかったか、チロチロと先端を

舐め回し、さらに亀頭にしゃぶり付いてきた。

「深く入れて……」

言うと加奈も小さな口を精一杯丸く開いて、モグモグと呑み込んでいった。

美少女の口の中は乃梨子より温度が高いようで、ペニス全体は温もりに包まれ、さらに清らかな唾液にまみれて震えた。

「ンン……」

加奈は喉につかえそうなほど深々と頬張って呻き、熱い鼻息で恥毛をくすぐった。見ると笑窪の浮かぶ頬をすぼめ、唇で幹を丸く締め付けながら吸い、内部で舌を蠢かせた。

クチュクチュと滑らかに舌がからみつくたび、ゾクゾクする快感が突き上がって雄吾は急激に高まっていった。

思わずズンズンと小刻みに股間を突き上げると、加奈も顔を上下させ、濡れた口でスポスポとリズミカルな摩擦を開始してくれた。

「ああ、気持ちいい……、いきそう……」

彼が口走っても、加奈は強烈な愛撫を止めなかった。

ザーメンがほとばしる原理ぐらい知っているだろうに、口を汚されても構わないのだろう。

雄吾はいけないと思いつつ、とうとう大きな絶頂の快感に全身を貫かれてしまった。

「い、いく……、お願い、飲んで……！」

ガクガクと身を震わせながら言い、ありったけの熱いザーメンをドクンドクンと勢いよくほとばしらせ、美少女の清らかな喉の奥を直撃してしまった。

「ク……」

加奈は噴出を受けて呻きながらも、なおも摩擦と吸引を続行してくれた。

雄吾は溶けてしまいそうな快感を心ゆくまで味わい、最後の一滴まで神聖な口の中に絞り尽くしてしまった。

すっかり満足しながらグッタリと身を投げ出すと、加奈も舌の蠢きと吸引を止め、亀頭を含んだままゴクリとザーメンを飲み込んでくれた。

「あう……、嬉しい……」

彼はキュッと締まる口腔に駄目押しの快感を得て呻き、自分の生きた精子が美少女の栄養になることに胸を震わせた。

ようやく、加奈がチュパッと口を引き離し、なおも尿道口に脹らむ余りの雫までペロペロと念入りに舐め取ってくれた。

「アア……、も、もういい……、有難う……」

雄吾は感じすぎて、敏感にクネクネと腰をよじって降参した。そして彼女の手を引っ張って添い寝させ、甘えるように腕枕してもらった。

「気持ち良かった？　でも済んだあとは嫌なのね」

「うん、射精すると過敏になってて辛(つら)くなる……」

雄吾は美少女の胸で、息を弾ませて答えた。

「不味くなかった？」

「ううん、少し生臭いけれど味はなかったわ」

加奈は言い、雄吾は美少女の息を嗅いで余韻に浸った。彼女の吐息には、特にザーメンの生臭さは残らず、さっきと同じ甘酸っぱい果実臭が心地よく鼻腔を刺激してくれた。

「うがいしに行く？」

「このまま眠ってしまいたいわ……」

加奈が答え、雄吾は身を起こして互いの身体にタオルケットを掛け、今度は彼が腕枕した。彼女は雄吾の胸に頬を当て、横からピッタリと肌を密着させてきた。

「ね、ママと結婚して、私のパパになって……」

「え……？　でも、娘としちゃったからね……」

いきなり言われ、雄吾は驚いて答えた。

「構わないじゃない。知られなければ両方としたって」

「そうかなあ……」

そんな可能性は考えもしなかったので、雄吾は思わず乃梨子と一緒になることを想像してしまった。

「パパ……」

加奈が呟き、そっと彼女の顔を覗き込むと、いつしか加奈は目を閉じ、軽やかな寝息を立てていたのだった……。

5

（ああ、そうだ。こんな若い子としちゃったんだ……）

明け方目を覚ますと、雄吾は隣で無心に寝ている加奈を見て思った。彼女は雄吾の大イビキも大丈夫なようだった。

腕枕したままで、かなり腕が痺れているが、その頭の重みも愛しくて嬉しかった。今まで結婚したことも子を持ったこともないので分からないが、何やら猫が寝ているのを起こさないようにしているようだった。

一夜のうちに、自分の加齢臭の満ちた部屋に、美少女の甘ったるい匂いが立ち籠めていた。

「あ……」

彼の気配に気づいたように、加奈も目を覚ました。雄吾の顔を見上げ、室内を見回し、ようやく状況を把握したようだ。

「起きた？　イビキで眠れないかと思ったけど」

「ええ……、ぐっすり寝ちゃった。痺れたでしょう……」

加奈が答え、彼の腕枕から離れた。

処女でなくなり、大人になった最初の朝である。

「朝ご飯を終えてシャワーを浴びたら帰るといいよ。ママは九時前に来ちゃうからね」

「ええ、そうするわ」

加奈が言って起きようとしたが、雄吾は引き留めた。

何しろ朝立ちでピンピンになっているのだ。

ゆっくり時間も取れないから、トイレへ行く前に、このまま朝一番の射精をしておくに限る。

「ね、すぐ済むから少しだけこうしていて……」

雄吾は言ってタオルケットを外し、自分でペニスを握って動かしながら、加奈の顔を引き寄せた。

「そんな、ゆうべ二回も出したのに、もう朝から出したいの……？」

「うん、こんな天使みたいな子と次はいつ会えるか分からないんだから、出来るときに少しでも多く……」

彼は答えた。まだ挿入は辛いだろうし、口内発射は昨夜したので、慌ただしいが慣れた自分の指で充分だった。

「もっと大きくアーンして」

雄吾は加奈の口に鼻を押しつけて言った。

「ダメよ、寝起きだから恥ずかしいわ……」

モジモジと言いながらも結局、加奈は歯医者に診てもらうときのように、大きく口を開いてくれた。

熱く湿り気ある息を嗅ぐと、さすがに寝起きだから甘酸っぱい匂いが濃くなって、濃度は六にまで上がっていた。

「ああ、いい……」

雄吾は鼻腔を刺激されながら美少女の濃い吐息で胸を満たし、激しくペニスをしごいた。

「ここ、汚してもいい？」

「ええ……」

彼が加奈のムッチリした内腿に先端をこすりつけて言うと、彼女もどうせすぐシャワーを浴びるからと頷いてくれた。

「舐めて……」

雄吾が言うと、また加奈は厭わずチロチロと鼻の頭を舐めてくれた。彼は高まりながら、たまに舌をからめて生温かな唾液を吸収し、果実臭の息を嗅ぎながら昇り詰めてしまった。

快感とともに、そのまま勢いよく朝一番のザーメンをドクドクとほとばしらせ加奈の滑らかな内腿に先端を擦りつけると、

「あ……、温かいわ……」

加奈も温もりを感じながら言い、しっかりと雄吾の顔を胸に抱きすくめてくれた。彼は快感を嚙み締め、美少女の唾液と吐息を貪りながら、心置きなく最後の一滴まで出し尽くしたのだった。

昨夜もそうだが、朝っぱらからこんなことをしているなど、まだ眠っているであろう乃梨子は夢にも思わないだろう。

やがて満足しながら動きを止め、雄吾は美少女の胸で荒い息遣いを繰り返し、温もりと匂いに包まれながら余韻を味わった。

そして呼吸を整えると、ティッシュを取ってペニスを拭いた。身を起こして加奈の内腿を見ると、白濁の粘液が点々と飛び散って、いかにも清らかなものを汚した様相に、また興奮しそうになってしまった。

「ね、まだ高校時代の制服は持っている？」

雄吾は、加奈の内腿を拭きながら訊いた。

「まだしまってあるけれど、どうして？」

「今度会うとき、持って来てね。着てほしい。まだ卒業から半年足らずだから、充分に着られるでしょう」

「着られるけど、なんか恥ずかしいな……」

加奈は答えたが、雄吾は想像して胸をときめかせた。可憐な彼女には、きっと似合うことだろう。しかもコスプレではなく、本人が三年間実際に着ていたものなのだ。

「それから、今度会うときは、なるべくウオシュレットとか歯磨きとかしないまま来てね」

「出来るかしら、そんなこと……。そんなに臭いのが好きなの？」

「濃いのが好きなの」

「ええ、考えておくわ……」

加奈が答え、雄吾は期待に胸を弾ませた。

しかし、あまりこうした話題を繰り返していると、またしたくなるので、ようやく雄吾はベッドを降りた。

加奈も起きてトイレに行き、そのままバスルームに入った。その間に彼は加奈の下着を手にして裏返し、まだ処女の頃の体臭を思いきり嗅いだ。

目立ったシミはないが食い込みの縦ジワがあり、体育もあったというので繊維の隅々には甘酸っぱい汗の匂いが籠もり、残尿臭やチーズ臭が悩ましく鼻腔を掻き回してきた。

(い、いけないいけない。また勃ってきてしまった……)

雄吾は思い、加奈の下着を戻すと、自分も下着とTシャツだけ着て顔を洗い、トーストとレトルトシチュー、わかめスープに牛乳で朝食の仕度をした。

加奈が出てきて身体を拭き、身繕いをして携帯のチェックなどをし、やがて一緒に朝食を終えた。

すでに日が昇り、六時を回っていた。

「一度帰宅するでしょう?」

「ええ、着替えてから大学に行きます」

「夏休みじゃないの?」

「しばらくはデッサンとか、デザインのサークルがあるから」

加奈は、かなり熱心に活動しているようだ。そういえば乃梨子も勉強家だったから、根性は受け継いでいるのだろう。

「じゃ、またね」

「ええ、また会えるときはメールしますね」

加奈はメアドの交換をし、やがて洗面所で髪と顔を直してから、雄吾の部屋を出て行った。

（うん、モテるぞ。今までの俺は何だったのだろう……）

雄吾は思い、まだ加奈の体臭の残るベッドに横になった。

しかし、興奮にもう眠れず、また勃起してゴロゴロしながら悶々(もんもん)としてしまった。仕方なく起き出し、バスルームにも残っている美少女の匂いの中でシャワーを浴び、歯を磨いてトイレで大小を済ませた。

そして着替えると、九時近くなったので戸締まりをして二階へ降り、クリニックを開けて灯(あか)りを点けた。

間もなく、何も知らない乃梨子もやって来た。

「お早う、昨日はどうでした？」

「うん、先生が大学病院に行く日は決まってるので、患者はゼロ。そのうち一般歯科の患者も来るから焦らないで」

雄吾は言い、乃梨子も開業の仕度をした。

恐らく乃梨子の出がけに、ちょうど加奈が入れ替わりに帰宅し、昨夜は友人の家で勉強して泊まり、朝食を終えて戻ったことなどを報告し、乃梨子も素直に信じたのだろう。

（この綺麗な美女のアソコから、あんな可憐な美少女が生まれたんだなあ……）

雄吾は思い、朝一番で抜いているのに、またムクムクと勃起してしまった。

やがて恵美も出勤して着替えると、ＢＧＭも流して開業し、今日も一日が始まったのだった。

（幸せだなあ。母娘（おやこ）の親子丼をしてしまった。これから別の女性とも、幸運な出会いがありそうだな……）

彼は思い、颯爽と白衣を身にまとったのだった。

第三章　歯茎(はぐき)フェラチオに昇天

1

今日は審美の予約も入っていなかったので、最後の患者を終えたところで乃梨子は帰宅した。

雄吾は、帰り支度をしている恵美に訊(き)いた。

「ね、恵美ちゃんは彼氏いないの？」

「いません。学生時代の彼氏がいたけれど、互いに就職して遠距離になったら、一年ほど前に自然消滅してしまいました」

恵美が、メガネの奥のつぶらな眼差(まなざ)しで答えた。

清楚で大人しい二十五歳だが、それなりに快感も知っているのだろう。

「そう、今夜夕食しない？」

「ええ、どうせ一人で寂しいので、お願いします」

「わあ、じゃ行こう」

雄吾は舞い上がり、白衣を脱ごうとした。しかし、そのとき患者が来てしまったのである。

「はい、どうなさいましたか」

恵美も接客の顔に戻り、受付で訊いた。患者は三十代半ばの、ごく平凡な主婦といった感じだが、ブラウスの胸が大きく張り出した巨乳で、顔立ちもなかなかの美形ではないか。

「あの、インプラントの相談で伺ったのですが」

「あ、インプラントはうちはやっていないので、何なら大学病院に紹介状を書きますが、いちおう検診をしましょうか」

雄吾が割って入った。

「はい、ではそのようにお願い致します」

彼女は言って、初診の書類に記入した。

三十五歳の主婦、名は北見雅枝と言った。

「じゃ、岩井さんはこれで上がっていいよ」

雄吾が恵美に言うと、彼女も素直に着替えをした。残念だが検診に時間がかかりそうなので、夕食はまた次の機会である。

着替えた恵美に、「ごめんね、またね」と目で語りかけると、彼女も承知したように笑みを浮かべて頷き、帰っていった。

「では、こちらへどうぞ」

雄吾が言って診察台を指すと、雅枝も座り、彼は背もたれを倒して無影灯を点けた。

「どの部分がインプラント希望ですか？　あ、まずはとにかく診ましょう」

雄吾が言ってミラーを手に迫ると、雅枝も素直に口を開いた。清楚な感じの主婦が大きく口を開くときは、未だに胸がときめいた。

見ると白く綺麗な歯並びが、上下とも滑らかに揃っていた。

（え？　濃度一？　そんなバカな……）

彼女の口はほとんど無臭で、うっすらとしたハッカ臭がするだけである。

よほど歯の隅々や舌苔までケアが行き届いているのかと確認しようとすると、

雅枝が口を閉じた。

「あの、インプラントの希望は全部なんです。これを……」

彼女は言うなりハンケチを口に当て、全ての歯を外した。

「フ、フルデンチャー（総入れ歯）……」

雄吾は驚き、滑らかな歯茎の連なりを見た。

なるほど、これなら食後に外して全て隅々まで手入れが出来、磨き残しもないから濃度一なのも頷けた。

「なぜこのように？　立ち入ったことですが、事情もお話し願えれば」

雄吾は言い、背もたれを元に戻し、自分も丸椅子を引き寄せて腰を下ろした。

雅枝も慣れた手つきで、再び総入れ歯を装着した。微(かす)かなハッカ臭は安定剤かも知れない。

「もともと歯の質が悪かったのですが、五人の子を生んで、さらに悪くなり」

「ご、五人も……」

「そうしたら、いっそ全部抜こうとお爺(じい)さんの主治医が」

「ああ、何もかも抜きたがるのがいるんですよ。見たところ、全ての歯根もないようですね」

雄吾は言いながら、じんわりと股間が熱くなってきてしまった。

五人生んだのだから亭主は精力が強く、もう生みたくないということで、せめて口でするため歯を全て抜いたのではないかと、あらぬ想像が湧いた。

「主治医は引退してしまったし、それにさっきの書類には主婦と書きましたが、実は半年前に主人は病死しまして」

「ご、後家さんですか……」

雄吾はズボンの中でピクンと幹を震わせ、さらに詳しい事情を聞いた。

今は、雅枝は自分の両親と、五人の子と住んでいる。不動産関係だった亡夫は資産家だったらしく、生保や遺産、そして持っているマンションの収入などで生活は一切困っていないようだ。

「それで、婚活をしようと思ってインプラントに。今までは家にいたので気遣わなかったのですが、やはり人と会うとなると、万一外れてしまうような心配が湧いて……」

雅枝が言う。

生活の心配がないのに婚活ということは、かなり欲求が溜まっているのではないか。あるいは精力的だったのは亡夫ではなく、大人しそうな顔をしているが、彼女の方かも知れないと雄吾は推測した。

「他に彼氏とかは？」

「欲しいのですが、今までは何しろ忙しかったので誰もいませんし、主人しか知りません」

「そう……、ときに変な質問ですが、歯を外してお口でするとご主人は悦ばれましたでしょう」

言うと、雅枝は微かにビクリと身じろいだが、不快そうな素振りはなく、むしろ頬を染め、カウンセリングを受けるように正直に答えた。

「はい、主人も悦びましたが……、実は私、アソコだけでなく口でしても感じてしまうのです……」

「うわ……」

強烈な内容に、雄吾もとうとうムクムクと激しく勃起してしまった。

「むかし『ディープ・スロート』という映画や小説がありましたが、確か喉の奥にクリトリスがあるという話だったかな。まさかそんなことは……」

「ええ、ありません。感じるのは精神的なものです。相手の悦びが伝わると、お口とアソコが連動するように収縮するというか」

「そ、それは、婚活というよりセフレの方が良いのでは……」

「はい、お友達もそう言います。婚活だと財産目当てなんて人も多いでしょうから。でも、どのように探すのか分からないし、変な人に目を付けられると恐いので……」

雅枝が、羞じらいを含んだ小さな声ながら、はっきりと正直な胸の内を明かしてくれた。

「ごもっともです。でもセフレなら、せっかくの歯のないお口のフェラは強力な武器になるのでは」

「私も、そんな気が……」

「では、まず私ではいかがでしょう。独身で精力も有り余ってます」

「まあ……」

思いきって言うと、雅枝は目を見開き、まじまじと彼を見つめ、巨乳の前で両手を縮めた。

「じ、実は私さっきから……、先生としたらどんなだろうって、考えてばかりいたのです……」

雅枝が言う。どうやら恵美が帰り、二人きりになって際どい話ばかりしていたから、互いの淫気が伝染し合っていたのかも知れない。

「し、しましょう……、ベッドもあるし、少々お待ちを……」

雄吾は興奮にしどろもどろになって言い、立ち上がって玄関ドアを内側からロックした。そして灯りを消し、奥の診察ベッドの上だけ点けておいた。これで万が一にも誰も訪ねて来ないし、シャッターが降りているから窓から見られる心配もない。

「い、いいんでしょうか……。嫌らしいことばかり考えて、それが実現するなんて……」

雅枝も診察台から、ベッドの方へ移動してモジモジと言った。

「これもご縁でしょう。決して誰も来ないから、全部脱いで大丈夫ですよ」

雄吾は言って、自分から白衣を脱ぎはじめた。シャワーはないが、初対面の人を上の住居まで招く気はない。

すると雅枝も、気が急くようにブラウスのボタンを外し、スカートを脱ぎはじめてくれた。

どうやらディープ・スロートだけでなく、何もかも味わいたいようだった。

診察ベッドは、三階のダブルベッドに比べればかなり狭いが、支障はないし頑丈に出来ている。

雄吾が先に全裸になり、屹立したペニスを露出すると、

「まあ、太くて美味しそうです……」

雅枝が目をキラキラさせて言い、今にもしゃぶり付きそうな素振りを見せた。

「ま、待って。自慢のお口は最後にして、それまで歯を外さず受け身になって下さいね」

彼が言うと、雅枝も素直に一糸まとわぬ姿になってベッドに横たわった。

2

「あ、あの、私こんなつもりではなかったので、何も準備していないんです。お風呂も昨夜でしたし……」

雄吾が迫ると、急に雅枝は羞恥を覚えたように言った。

確かに、ケアしてきたのは口腔だけで、熟れ肌からは甘ったるい汗の匂いが濃厚に立ち昇っていた。

「ええ、構いません。匂いが濃い方が燃えるたちですので」

彼は答え、まずは変則的に雅枝の足の方から顔を寄せていった。

未亡人の足裏に顔を押し付け、踵から土踏まずに舌を這わせながら、縮こまった指の股に鼻を割り込ませて嗅いだ。

「あう……、な、なぜそんなところを……」

雅枝が驚いたように呻き、ビクッと足を震わせた。では亡夫と、キスと乳房や局部への愛撫と挿入のみで、しかもシャワーを浴びたあとという、実につまらない夫婦生活をしていたようだった。

構わず雄吾は蒸れた足指の匂いを貪り、汗と脂に湿った指の間に、順々に舌を挿し入れて味わった。

「アア……、ダメです、そんなこと……」

雅枝は声を震わせ、クネクネと艶めかしく下半身を悶えさせた。

雄吾は全ての指の股を舐め、もう片方の足も濃厚に沁み付いた味と匂いを貪り尽くした。

そして大股開きにさせ、案外ムチムチとした脚の内側を舐め上げて股間に迫っていった。

着痩せするたちなのか、着衣の時は巨乳だが全体にほっそりと見えたが、脱ぐと腰も実に豊満で、食欲をそそる肉づきをしていた。

両膝の間に顔を進め、白く滑らかな内腿を舐め上げていくと、

「は、恥ずかしい……」

雅枝がか細く言い、それでも湧き上がる欲求に拒むことはしなかった。

雄吾は、ムレムレの熱気と湿り気が籠もっている割れ目に迫った。

大人しげな顔立ちに似合わず、恥毛は黒々と艶があり濃く密集していた。そして下の方は蜜の雫を宿し、筆の穂先のようにまとまり、割れ目からはみ出した陰唇もヌメヌメと潤っていた。

指を当てて陰唇を左右に広げると、五人の子を生んだ膣口が襞を入り組ませて息づき、白っぽい本気汁にまみれている。

包皮を押し上げるようにツンと突き立ったクリトリスも大きく、ツヤツヤと妖しい光沢を放っていた。

雄吾は熟れた体臭に吸い寄せられ、ギュッと顔を埋め込んでいった。

柔らかな茂みに鼻を擦りつけて嗅ぐと、隅々には甘ったるいミルクに似た汗の匂いが濃厚に籠もり、ほのかにオシッコの匂いと、大量の愛液による生臭い成分も入り交じって鼻腔を刺激してきた。

舌を挿し入れると、ヌルッとした淡い酸味の潤いが滑らかに迎えた。

膣口の襞を舐め回し、柔肉をたどってクリトリスまで舐め上げていくと、

「アアッ……、気持ちいいッ……！」

久々の快楽を得る雅枝は熱く喘ぎ、顔を仰け反らせながら量感ある内腿でムッチリときつく彼の両頬を挟み付けてきた。

雄吾は濃い匂いを貪って胸を満たし、泉のように溢れる愛液をすすり、執拗にクリトリスを舌先で弾いた。

さらに両脚を浮かせ、白く豊満な尻の谷間にも迫った。

ピンクの蕾は、多くの子を生んで息んだ名残でもないだろうが、僅かにレモンの先のように突き出て色っぽい形状をしていた。

鼻を埋め込むと、やはり汗の匂いに混じり生々しい微香が籠もり、その刺激が胸に沁み込んでペニスまで心地よく伝わっていった。

チロチロと舌を這わせて濡らし、ヌルッと潜り込ませて粘膜を探ると、

「あう……、ダメ、そんなこと……！」

雅枝が声を上ずらせ、キュッときつく肛門で舌先を締め付けた。

雄吾は舌を出し入れさせるように動かしてから、ようやく脚を下ろして再び割

れ目に戻ってクリトリスに吸い付いた。

「も、もう勘弁して下さい……、変になりそうです……」

彼女がクネクネと身悶えながら哀願し、雄吾もようやく股間から這い出して熟れ肌を舐め上げた。

腋(わき)の下に鼻を埋め込むと、何とそこには色っぽい腋毛が煙り、濃厚なミルク臭と、大人しい顔立ちとのギャップに興奮が増した。

腋毛の処理をしていないということは、それだけ男から遠ざかり、子育てに専念してきたという証(あかし)で、未亡人とはいえ人妻らしい印象だった。

雄吾は何度も深呼吸して、生ぬるく甘ったるい汗の匂いを貪った。

しかし、魅力はそれだけではなかった。

巨乳に目を向けると、濃く色づいた乳首にポツンと白濁の雫が浮かんでいるではないか。

(ぼ、母乳ーっ……!)

雄吾は歓喜に目を見張った。総入れ歯を外してのフェラが楽しみなのに、そこへ行き着く前に数多くの楽しみが待っていたのである。

どうやら五人目の子は、まだ赤ん坊なのだろう。その成長も知らずに病死した亡夫は気の毒だが、そのぶん雄吾が味わおうと思った。

さっきから感じていた甘ったるい匂いは、汗ばかりでなく母乳の匂いだったようだ。

彼は顔を移動させ、雫の滲む乳首に吸い付き、顔中を巨乳に押し付けた。

膨らみは柔らかさの中に張りが感じられ、乳首を唇で挟んで吸うと、徐々に生ぬるく薄甘い乳汁が滲み出てきた。

雄吾は夢中になって吸い出し、うっとりと喉を潤した。

「ああ……、飲んだら汚いですよ……」

「いいえ、牛の乳を飲むよりずっと真っ当ですよ」

雄吾は答え、もう片方の乳首も含んで懸命に吸った。次第に吸い方も要領を得て、分泌も活発になってきた。

しかし滲み出てくる母乳を飲み続けるうち、心なしか乳房の張りも和らいできたようで、次第に出なくなっていった。

「アア……、お願い、入れて下さい……」

雅枝が喘ぎながら言い、雄吾も挿入したくなった。

そのまま仰向けの彼女の股間を割って下半身を割り込ませ、いったん身を起こして屹立したペニスの先端を濡れた割れ目に擦りつけた。

充分にヌメリを与えてから膣口にあてがい、感触を味わいながらゆっくりと挿入していった。

「あう……、いい……！」

ヌルヌルッと滑らかに根元まで押し込むと、雅枝が身を弓なりにさせて呻き、キュッときつく締め付けてきた。

彼も股間を密着させ、肉襞の摩擦と温もりを味わいながら身を重ねていくと、彼女が下から両手を回してきつくしがみついてきた。

雄吾は動かず、温もりと感触に包まれ、暴発を堪えた。

何しろ最後には歯のないフェラが待っているのだから、ここでは射精しないよう気をつけることにした。

「ああッ……、突いて……、深く奥まで……！」

しかし雅枝の方は待ちきれず、ズンズンと股間を突き上げて大量の愛液を漏らしてきた。

雄吾は胸で巨乳を押しつぶし、雅枝の突き上げに任せながら彼女の喘ぐ口に鼻を押しつけた。さっきよりも、やや匂いが濃くなっていたが、それでも濃度二ぐらいで、ほのかな花粉に似た甘い成分が鼻腔を刺激してきた。

そのまま唇を重ね、舌をからませると、

「ンンッ……！」

雅枝は強く彼の舌に吸い付き、突き上げを激しくさせていった。

「い、いっちゃう……、アアーッ……！」

彼女が口を離して仰け反り、激しく喘ぐと同時にガクンガクンと狂おしい痙攣を開始し、膣内の収縮を最高潮にさせた。

雄吾は跳ね上がる腰に巨体を上下させながら、暴れ馬にしがみつく思いで絶頂を堪え続けていた。

そして何とか我慢していると、雅枝も心ゆくまで快感を嚙み締め、満足してグッタリと身を投げ出していった。

雄吾は勃起したままのペニスをヌルッと引き抜き、彼女に添い寝していった。

雅枝はハアハアと荒い呼吸を繰り返し、たまに思い出したようにビクッと熟れ肌を波打たせていた。

「ね、外してみて……」

彼が言って雅枝の歯並びに触れると、彼女もすぐに上下の総入れ歯を外して傍らのテーブルに置いた。

滑らかに濡れたピンクの歯茎が艶めかしく、雄吾が再び鼻を押し込むと、雅枝も歯茎で鼻の頭を噛み、ヌラヌラと舌を這わせてくれた。

口の匂いが薄いのが物足りないが、唾液のヌメリに顔中がヌルヌルになり、彼も興奮を高めていった。

3

「ねえ、顔中にミルクかけて……」

雄吾が言うと雅枝は身を起こして胸を突き出し、自ら乳首をつまみ、ポタポタと彼の口に滴らせてくれた。さらに雫ばかりでなく、無数の乳腺から霧状になった母乳も顔中に降りかかった。

しかし、さっきだいぶ吸ったたし、そろそろ分泌も治まる時期なのだろう。すぐに両の乳首からの滴りは終わってしまった。

すると雅枝が屈み込み、彼の顔中を濡らした母乳をペロペロと舐め取ってくれた。母乳の匂いに吐息と唾液の匂いが混じり、もう雄吾も我慢できないほど高まってしまった。

「じゃ、お口でして下さい。僕の顔を跨ぎながら……」

いよいよだと身構えながら言うと、雅枝もすぐに雄吾の股間に顔を移動させ、女上位のシックスナインの体勢になり、仰向けの彼の顔に跨がってきた。

雄吾は鼻先に迫る割れ目に舌を這わせ、目の上にある色っぽい肛門を眺めながら期待に胸を震わせた。

股間に熱い息が籠もり、先端にチロチロと舌が這い回った。

さらにペニスがスッポリと根元まで呑み込まれてゆき、温かく濡れた口腔がキュッと締まった。

「ああ……」

雄吾は快感に喘ぎ、割れ目から舌を引き離した。あまり刺激すると雅枝も集中できないだろうから、彼も受け身に専念した。

「ンン……」

彼女は深々と含んで呻き、先端が喉の奥の肉にヌルッと触れても、慣れているように吸い付いてきた。熱い鼻息が陰嚢をくすぐり、付け根が唇に丸く締め付けられた。

そして舌が蠢き、それにプラスして歯茎の締め付けがカリ首を擦った。

何という妖しい快感であろう。

唇による吸引と舌の蠢き、それに股間をくすぐる吐息と髪の刺激、そして滑らかな歯茎によるマッサージだ。

股間を突き上げるまでもなく、雅枝が顔を上下させてクチュクチュと唇と歯茎による摩擦を開始した。しかも愛液の代わりに、たっぷりと唾液を吐き出して動きを滑らかにさせた。

そして雅枝も自分で言っていた通り、フェラチオしているだけで感じ、彼の顔の上にある割れ目も妖しく蠢いて、新たな愛液を垂らしてきたではないか。

「い、いっちゃう……！」

雄吾は、さっきの挿入時から高まっていたので、いくらも我慢できず絶頂に達し、口走ると同時に思い切り射精してしまっていた。

「ク……、ンンッ……！」

熱いザーメンを喉の奥に受けると、雅枝が熱く呻き、まるでオルガスムスに達した膣内のように口腔が蠢動した。さらに彼女は、自分も再び昇り詰めたように激しく吸引しながら、彼の顔中に濡れた割れ目をグリグリと擦りつけてきたのである。

「き、気持ちいい……」

雄吾は顔中ヌルヌルにされながら、悩ましい匂いの渦の中で口走った。

そして心置きなく最後の一滴まで出し尽くすと、すっかり満足してグッタリと身を投げ出していった。

雅枝も全て吸い出すと、ようやく強烈な吸引を止め、ペニスを含んだまま口に溜まったザーメンをコクンと飲み込んでくれた。

「あうう……」

また口腔がキュッと締まり、雄吾は駄目押しの快感に腰を浮かせて呻いた。

雅枝もスポンと口を引き離すと、幹をしごいて余りのザーメンを絞り出し、尿道口から滲む分まで丁寧にすすってくれた。

「アア……、すごかった……、もういいよ、どうも有難う……」

雄吾はヒクヒクと幹を過敏に震わせて言い、強烈な快感の余韻に浸り込んでいった。

「私も、気持ち良かったです……」

顔を上げた雅枝が向き直り、息を弾ませて言うと、膣と口の両方で絶頂を迎えたように、そのまま精根尽き果ててガックリと添い寝してきた。

「こんなに感じたの初めてです……」

「そう、良かった……」

息も絶えだえになって言う雅枝に、雄吾も呼吸を整えながら答えた。

「インプラントは考え直します……」

「うん、それがいいよ。せっかくこんな、上でも下でもいけるようなすごい技を持っているんだから」

「また会って頂けますか……」

「ああ、もちろん。またゆっくりしようね」

雄吾は言い、世の中には淑(しと)やかそうな見かけでは判断できない、技も欲望も、ものすごい女性がいるものだと思った……。

4

「昨日はごめんね。残念だった」

翌日の夕方、やはり昨日のように乃梨子が先に帰ったあと、雄吾は帰り支度をしている恵美に言った。

「ええ、私も残念でしたけど、インプラントの患者さんはどうなりましたか？」

「うん、検診したけど今の義歯で何の問題もないと伝えると、考え直すって。本当にする気なら自分で大学病院へ行くと思う」

「そうでしたか。どちらにしろ、うちの患者にはなりませんね」

「うん。それより今夜はどう？　食事できる？」

「はい」

恵美が頷いたので、彼もあらためて舞い上がり、灯りを消して戸締まりをし、一緒にビルを出たのだった。

そして近所にある、前に加奈と行ったレストランに入り、生ビールで乾杯してフルコースを頼んだ。

「で、恵美ちゃんは別れた彼氏一人しか知らないの？」

雄吾はステーキを切りながら訊いた。根っからの肉食で、昔から野菜はあまり食わない。

「いえ、実はもう一人だけ、酔った勢いで合コンの帰りに彼のアパートに寄ってしまって、それは一度きりで、良くなかったので後悔してます」

恵美は正直に答えた。

「良くないというのは？」

「その、長く付き合った彼もそうなのですけど、草食系というか、たまに求めることはあっても自分本位で早く済むし」

大人しくて真面目（まじめ）そうな恵美だが、快楽には貪欲な部分があり、それで不満も大きかったようだ。

「じゃ隅々まで舐めたり」

「そんなことしません。私には口でさせるくせに、あとは入れてすぐ終わるだけです」

アルコールに弱いのか、恵美は一杯のビールで次第に大胆なことを口にするようになっていた。淡い雀斑（そばかす）のある色白の頬が、ほんのりピンクに染まって色っぽかった。

そして雄吾が赤ワインに切り替えると、恵美もあまり飲めないだろうに一緒にグラスを頼んだ。

「そう、駄目な奴（やつ）らだなあ。自分より、相手の悦びを第一に考えない男とは付き合っちゃいけないよ」

「ええ、でもいるんでしょうか、そんな人が」

「まあ、僕ぐらいのオジサンになれば、しつこいぐらい丁寧だけどね。今夜僕としてみる？　せっかく感じるように出来ているのに、しないと勿体ないし、肝心なとき感じなくなっちゃうよ」

雄吾が股間を熱くさせて言うと、恵美がクスッと笑った。

「いつも、そんなふうに誘うんですか」

「うん、うまくいかないけどね。でも食事が済んだら僕の部屋に来る？　決して危険なことはないよ。相手が嫌がることをするのは大嫌いだから、せめてお話だけでも」

「はい、危険とは思いません。先生といると、何となく安心して」

安心ばかりされてもいけないのだが、脈はありそうなので、雄吾はワインを控えめにして栄養補給に専念した。

やがて食事を終えたので、彼は会計を済ませて一緒に店を出た。

「じゃ、僕の部屋に行く？」

「いえ、遠慮しておきます」

「そ、そんなあ……」

雄吾は情けない声を出した。もう股間の方は準備が整っているのだ。

「男の人の部屋へ行くのは、なんか抵抗があるんです。もし良ければ、私のお部屋に来ますか？」

「本当……？」

雄吾は顔を輝かせて身を乗り出した。

「ええ、先生のお部屋だと、いきなり彼女が来てしまうような気がして」

「そんな人誰もいないんだけどね、でも女性の部屋は興味があるから行こう」

彼は言い、恵美に案内されて一駅だけ電車で移動すると、住宅街を歩いた。

駅から五分ほどのところに、彼女の住むハイツがあった。恵美の部屋は一階の隅である。

恵美が鍵を開け、招き入れてくれた。上がり込むと、もちろん恵美はドアを内側からロックした。

「綺麗にしているんだね」

雄吾は室内を見回し、ほのかに籠もる女の匂いを吸い込みながら胸と股間を脹（ふく）らませた。

上がるとすぐに清潔なキッチン、リビングには小さなソファとテレビ、サイドボードに学習机と本棚があった。

もう一室は和室で、ベッドではなく布団が敷いたままになり、あとはバストイレだけだろう。

「あ、もうお茶はいいからね。それよりシャワーを借りていいかな」

雄吾は座らずに言った。恵美も、男を招いた以上、する気は満々になっていることだろう。

「ええ、じゃタオル出しておきます」

恵美も言って甲斐甲斐(かいがい)しく洗面所に行って新しいバスタオルを出し、シャワーの湯も点けて戻ってきた。

彼は入れ替わりに洗面所に入って手早く全裸になり、恵美の歯ブラシを借りてバスルームに入った。洗濯機の下着も確認したかったが、これから生身が味わえるのだから自重した。

そしてシャワーの湯を浴び、ボディソープで全身と、特に股間を念入りに洗いながら歯を磨き、例によって放尿も済ませておいた。

全身を洗い流すと洗面所に戻り、歯ブラシを戻して身体(からだ)を拭き、バスタオルを腰に巻くと、脱いだものを持って部屋に戻った。すでにペニスは、期待でピンピンに勃起していた。

「じゃ、私も急いで流してきますので」

「ダーメ、せっかくの匂いを消すようなバカな真似（まね）はしないの」

「だって、ゆうべお風呂に入ったきりですよ。それに食後の歯磨きもしていないのに……」

「匂いがしていないと興奮できないの。その代わり、うんと気持ち良くしてあげるからね」

「そんな、洗わずにするなんて初めてです……」

恵美は尻込みしながらも、雄吾の勢いに押されて布団まで来てしまった。

「さあ、じゃ脱ごうね」

彼が言ってブラウスのボタンを外しはじめると、観念した恵美が途中から自分で脱ぎはじめていった。

やはり彼女も相当に期待と興奮が高まり、待ちきれないほどになっているのだろう。

ブラウスを脱がせると、内に籠もっていた甘ったるい汗の匂いが生ぬるく揺らめき、さらにブラを外すと、それほど大きくはないが実に張りのある形良い乳房が現れた。

スカートとパンストを脱ぐと、薄皮の剝けたような滑らかな脚がスラリと露わになり、とうとう最後の一枚を脱ぐと、彼女は一糸まとわぬ姿で横たわった。

そして最後にメガネを外して枕元に置くと、実に整った美しい素顔になった。

雄吾も腰のバスタオルを取り去って添い寝し、例によって甘えるように腕枕してもらった。

腋の下に鼻を埋めると、スベスベに手入れされたそこはジットリと生ぬるく湿り、甘ったるい汗の匂いが濃厚に沁み付いていた。

「わあ、いい匂い……」

「アアッ……、は、恥ずかしい……」

嗅ぎながら言うと、恵美はシャワーを浴びていないことが相当抵抗あるように声を震わせ、身を硬くしていた。

雄吾は何度も深呼吸して、新鮮な汗の匂いを貪り、やがて目の前で息づく乳房に顔を移動させていった。

「わあ、綺麗だ。二十代のオッパイ……」

雄吾は感激し、薄桃色の乳首と乳輪に迫った。まあ先日は、十八歳の処女を相手にしたのだが、やはり彼から見れば二十五歳は若い娘さんのうちである。

顔を埋め込み、チュッと乳首に吸い付き、もう片方の乳首にも手を這わせながら舌で転がした。さらに柔らかな膨らみに顔中を押し付けると、若々しい張りが伝わってきた。

「ああ……」

恵美がクネクネと身悶えながら熱く喘いだ。

雄吾は充分に舐め回してから、もう片方の乳首も含み、胸元や腋から漂う甘ったるい体臭にうっとりと酔いしれた。

左右の乳首を充分に愛撫してから、彼は滑らかな肌を舐め降りてゆき、形良い臍（へそ）を舐め、張り詰めた腹部に顔を押し付けると、ここも心地よい弾力が伝わってきた。

腰骨から水着線のＹの字を舐めると、

「あう……、ダメです、くすぐったい……」

恵美が、じっとしていられないように腰をよじって呻いた。

そのまま彼は股間を避けて、ムッチリした太腿へ移動し、スラリとした脚を舐め降りていった。彼の年齢の半分しかない若い肌は、どこもスベスベで滑らかな舌触りだった。

丸い膝小僧から脛(すね)を舐めると、そこも良く手入れされていた。やはり夏で水着も着ることもあるだろうから気をつけているのだろう。

足首まで下りて足裏に回り込むと、彼は足首を摑(つか)んで浮かせ、足裏に顔を押し付けて舌を這わせた。

「アアッ……、ダメです……」

恵美が驚いたように言ったが、すでに愛撫で朦朧(もうろう)とし、拒む力も残っていないようだ。

縮こまった指の股に鼻を割り込ませると、やはりそこは汗と脂に湿り、蒸れた匂いが濃厚に沁み付いていた。雄吾は美女の足の匂いを貪り、爪先にしゃぶり付いて順々に指の間に舌を割り込ませて味わった。

「あうう……、どうか、汚いからやめて下さい……」

恵美が腰をくねらせて言い、彼の口の中でキュッと舌を締め付けてきた。

雄吾は充分に味わい、もう片方の足裏と指の間も心ゆくまで味と匂いを堪能(たんのう)してしまった。

ようやく脚を下ろして左右全開にさせ、腹這いになって脚の内側を舐め上げ、両膝の間に顔を進めていった。

白く滑らかな内腿を舐め上げ、熱気の籠もる割れ目に目を凝らすと、股間の丘には楚々とした恥毛が煙り、割れ目からはみ出すピンクの花びらは蜜にネットリと潤っていた。

指を当てて広げると、中の柔肉もヌメヌメと息づき、襞の入り組む膣口と小さな尿道口、包皮の下からツンと突き立ったクリトリスが光沢を放ち、愛撫を待つように妖しく震えていた。

5

「ああ……、見ないで、恥ずかしい……」

大股開きにされ、雄吾の熱い視線と息を感じながら恵美がヒクヒクと白い下腹を波打たせて言った。

もう我慢できず、雄吾も彼女の中心部にギュッと顔を埋め込んでいった。

柔らかな茂みに鼻を擦りつけて嗅ぐと、やはり腋に似た甘ったるい汗の匂いが生ぬるく籠もり、それにオシッコの匂いも程よく入り混じり、悩ましく鼻腔を掻[か]

き回してきた。

「いい匂い」

「あう……！」

嗅ぎながら言うと、また恵美が呻いてキュッときつく内腿で彼の顔を挟み付けてきた。

雄吾は美女の匂いで胸を満たし、舌を這わせていった。陰唇を掻き分けて奥へ挿し入れ、膣口の襞を掻き回すと淡い酸味のヌメリが心地よかった。

ゆっくりと味わいながらクリトリスまで舐め上げていくと、

「アアッ……！」

恵美がビクッと顔を仰け反らせて喘ぎ、内腿の締め付けを強めて硬直した。

雄吾はチロチロと舌先を上下左右に動かして、最も敏感なクリトリスを舐め、トロトロと溢れてくる熱い愛液をすすった。

久々の快感と、匂いを気にする羞恥で、すでに彼女は忘我の境地に入り込んでいるようだ。

充分に味と匂いを堪能してから、彼は恵美の両脚を浮かせ、白く丸い尻の谷間に潜り込んでいった。薄桃色の蕾は細かな襞が揃って（そろ）キュッと閉じられ、実に可憐で清潔そうだった。

しかし鼻を埋めて嗅ぐと、やはり汗の匂いに混じり生々しい微香も籠もっていた。雄吾は美女の恥ずかしい匂いを嗅ぎまくってから、舌先でくすぐるように舐め回し、唾液に濡らしてからヌルッと潜り込ませた。

「く……！」

恵美が息を詰めて呻き、キュッと肛門で舌先を締め付けてきた。

あるいは足指も肛門も、舐められたのは初めてかも知れない。

彼は舌を蠢かせ、滑らかな粘膜も味わい、ようやく脚を下ろして再び割れ目を舐め回してクリトリスに吸い付いた。

「も、もうダメ……、いきそう……」

恵美がガクガクと腰を跳ね上げ、声を上ずらせて哀願した。

このままいかせるのも良いが、やはり挿入してオルガスムスが一致した方が良いだろう。

雄吾は思い、股間から離れて再び添い寝していった。恵美はハアハア荒い呼吸を繰り返し、絶頂寸前でとどまって身を震わせていた。

「今度は恵美ちゃんがして……」

彼は仰向けになって言い、恵美の顔を股間に押しやった。

彼女も素直に移動し、大股開きになった彼の股間に陣取って腹這い、顔を寄せてきてくれた。

熱い息がかかり、期待に幹がヒクヒクと上下した。

恵美は幹にそっと指を添えてチロリと舌を伸ばし、粘液の滲む尿道口を舐め回してくれた。

そして張りつめた亀頭を含み、モグモグと唇を締め付けながら喉の奥まで呑み込んでいった。

恐らく、長く付き合った彼に教わったテクニックなのだろう。

恵美は深々と含むと、上気した頰をすぼめてチュッと吸い付き、口の中ではチロチロと舌が蠢いてペニスを生温かく濡らした。

「ああ、気持ちいいよ、すごく……」

雄吾も受け身に転じて喘ぎ、恵美の愛撫に身を委ねた。

「ンン……」

恵美は熱く鼻を鳴らして吸引と舌の蠢きを繰り返し、さらに顔を上下させてスポスポと摩擦を開始した。滑らかに触れる舌がゾクゾクするほど心地よく、たちまち雄吾は絶頂を迫らせていった。

「いきそう……、上から跨いで入れて……」

雄吾が言って彼女の手を引っ張ると、恵美も身を起こし、そろそろとペニスに跨がってきた。そして唾液に濡れた先端に割れ目を押し当て、位置を定めるとゆっくり腰を沈めていった。

たちまち屹立したペニスが、ヌルヌルッと肉襞の摩擦を受けながら、滑らかに根元まで呑み込まれていった。

「アアッ……！」

完全に座り込むと、恵美が股間を密着させ、顔を仰け反らせて喘いだ。

雄吾も温もりと感触を嚙み締め、両手を伸ばして彼女を抱き寄せていった。

恵美も身を重ね、息づくような収縮を繰り返し、さらに多くの愛液を溢れさせてきた。

締まりも良く、動いたらすぐ果てそうなので、雄吾はまだじっとしたまま、下から恵美の唇を求めていった。

唇を重ねると心地よい弾力が伝わり、彼は舌を挿し入れて滑らかな歯並びを舐めた。恵美も口を開いたので奥に侵入し、滑らかに蠢く美女の舌を探った。

「ンン……」

恵美は熱く鼻を鳴らし、彼の舌に吸い付いた。

吐き出される息は熱く湿り気があり、花粉のように甘い匂いに、ほんのりとワインの香気が混じって彼の鼻腔を刺激してきた。

濃度は六で、だいぶ濃い方である。

彼は恵美の息を嗅いで唾液をすすり、小刻みにズンズンと股間を突き上げはじめた。

「ああッ……、き、気持ちいい……」

恵美が苦しげに口を離し、淫らに唾液の糸を引きながら熱く喘いだ。

雄吾は彼女の口に鼻を押し込み、濃厚な匂いを貪りながら興奮を高め、次第に突き上げを強めていった。

「いい匂い」

「あう、ダメ、恥ずかしいです……」

言うと恵美が恥じらったが、快感と興奮に荒い呼吸は治まらなかった。

「唾を垂らして」

「で、出ません……」

せがんだが、喘ぎすぎて口中が乾いているようだ。

それでも興奮に任せて、彼女も懸命に分泌させ、少量だがクチュッと吐き出してくれた。

それを舌に受けて味わい、うっとりと喉を潤した。

「顔中舐めて……」

突き上げを続けながら恵美の口に鼻を押しつけて言うと、彼女も息を弾ませてヌラヌラと舌を這わせ、雄吾の鼻の頭から頬まで生温かな唾液でヌルヌルにまみれさせてくれた。

「ああ、息と唾の刺激がちょうどいい」

言うと、さらなる羞恥に恵美の膣内の収縮が活発になり、愛液の量も格段に増えていった。互いの股間がビショビショになり、彼女も合わせて腰を動かすうちクチュクチュと湿った摩擦音も響いてきた。

リズムが一致すると、いつしか二人は股間をぶつけ合うように動き続けた。

「い、いっちゃう……、あぁーッ……！」

とうとう恵美は声を上げ、ガクンガクンと本格的なオルガスムスの痙攣を狂おしく開始してしまった。

やはり彼との行為に下地も出来、久々だからすぐ達してしまったのだろう。

「く……！」

続いて雄吾も、心地よい摩擦と美女の匂いを感じながら昇り詰め、短く呻いて熱い大量のザーメンをドクドクと注入した。

「あう、すごい……！」

噴出を感じた恵美が駄目押しの快感に呻き、さらにキュッキュッときつく締め付けてきた。

勇吾は激しく股間を突き上げながら快感を嚙み締め、心置きなく最後の一滴まで出し尽くすと、すっかり満足して動きを弱めていった。

「アア……」

すると恵美も満足げに声を洩らし、肌の強ばりを解きながらグッタリと力を抜いて彼にもたれかかってきた。

膣内の収縮の中で、雄吾が射精直後のペニスをヒクヒクと跳ね上げると、

「あう……、も、もう……」

恵美も過敏に感じすぎるように呻き、押さえつけるようにキュッときつく締め付けてきた。雄吾は重みを受け止め、甘い刺激の息を嗅ぎながら、うっとりと快

感の余韻を嚙み締めたのだった。

「気持ち良かった？」

「ええ、すごく……、こんなに感じるものなんですね……」

訊くと、恵美が息を弾ませて答え、まだ余韻が残っているように、たまに肌をビクッと震わせていた。

「も、もうシャワーを浴びに行っていいですか……」

「うん、いいよ。もう恵美ちゃんの匂いを全部覚えちゃったから」

「アア……、言わないで下さい……」

恵美が激しい羞恥に身悶え、また膣内の収縮を活発にさせた。

そして過敏な局部を庇うように、そろそろと股間を引き離し、そのまま身を起こしてバスルームに行った。

雄吾は身を投げ出し、恵美の匂いの沁み付いた枕を嗅ぎながら呼吸を整えた。

（とうとう従業員にまで手を出しちゃったなあ。何だか、出会う女性と必ず出来る運命になっているようだ……）

雄吾は思った。全ては、幸運の女神である乃梨子のおかげなのだが、恩を仇で返すように娘の加奈とまでしてしまっている。

ようやく、雄吾はティッシュでペニスを拭いて身を起こした。

そして身繕いを済ませると、恵美も全身を洗って歯磨きまで終えると身体を拭いて出てきた。

「あ、シャワーはいいんですか？」

「うん、恵美ちゃんの残り香を感じながら帰るね」

「まあ……」

また彼女は羞恥を甦(よみがえ)らせて頬を染めた。雄吾が彼女に迫り、口に鼻を押しつけて息を嗅ぐと、僅かなハッカ臭しか感じられなかった。

「ああ、濃度六だったのが二にまで下がっちゃった」

「そ、そんなに匂っていたんですか……」

加奈が口を押さえモジモジして言うと、また彼は股間が熱くなってしまった。

「もう一度する？」

「いえ、もう眠りたいです。明日も仕事ですし」

「そうだね。でも男が帰ると寂しくないかな。泊まらなくていい？」

「大丈夫です。すぐ寝てしまいますから」

恵美は言い、全裸の上から下着とパジャマを着けた。

雄吾は大人しく帰ることにし、玄関に向かった。

「帰り道分かりますか」

「うん、じゃまた明日の朝ね」

雄吾は手を振って言い、恵美のハイツを出た。

そして彼は駅まで行って電車で一駅だけ移動し、鼻に残る恵美の残り香を感じながら帰宅したのだった。

第四章　アイドルの濃蜜な匂い

1

「あれ、患者さんかな。今日はお休みなんだけれど」

雄吾が本屋にでも行こうと、休日の午後に階段を下りてくると、クリニックのドアの前で途方に暮れている女性を見かけて声をかけた。

「お休みなんですか……。急にすごく歯が痛むので、看板を見て寄ってみたんですが……」

顔を上げた若い彼女は、キャップをかぶりサングラスをかけて、頬を押さえて言った。

「ああ、審美じゃなく治療なら僕が見てあげられるけど」

「本当ですか。助かります……」

彼女が甘ったるい汗の匂いを揺らめかせて言い、雄吾もポケットから鍵を出してドアを開けた。

そして灯り(あか)とエアコンを点(つ)け、彼女を招き入れた。待合室で書類に記入してもらう間に、雄吾は白衣を着た。

と、キャップを脱ぎサングラスを外した彼女を見て、彼はまさかと思った。ロングの黒髪に愛らしいつぶらな目、地味なブラウスにジーンズ姿だが、そういえば声にも聞き覚えがあったのだ。

やがて書類を渡されて見ると、一緒に出された国保カードと同じ見知らぬ名前が書かれ、二十歳とあった。

「もしかして、中峰利々(なかみねりり)ちゃん？」

雄吾は、芸名の方を呼んだ。国保カードと書類の方は本名のようだ。

「え、ええ……、でもどうか、私が来たことは内緒にして下さい」

「もちろん、患者のことは決して口外しないからね。実は僕、利々ちゃんのファンなんだ。こんなオジサンだけどね、ＣＤもＤＶＤも持ってるし、今度は映画に出るようだね」

「わあ、有難うございます」

利々が痛みを堪(こら)えながら、笑みを浮かべて頭を下げた。

「じゃ、とにかくこっちへ」

言うと、彼女もふんわりと甘い匂いをさせて診察台に座った。

「いつから痛むの？」

「前から時々疼(うず)いていたんですが、治療する時間が取れなくて。今日も午前中は仕事で、昼過ぎにオフになったので帰る途中に痛みが激しくなったら、ちょうど看板が見えたので」

利々が言う。住まいはこの近くらしい。

雄吾は手早く手を洗って拭き、彼女の胸にカモシカマークのエプロンを着けた。

ライトを点けて背もたれを倒すと、長い黒髪がサラリと流れた。

本当に雄吾は六畳一間の頃から利々のファンで、清楚(せいそ)で愛らしい顔立ちの割りに巨乳で、歌声を聞いて映像を見てはオナニーに耽(ふけ)っていたものだった。

そのアイドルの口の中が実際に見られるのだから、彼は感激に胸が震え、激しく勃起してきてしまった。

「先生がいて良かったです。それにお休みの方が、他の従業員や患者さんに見られないから」

利々も言って、ここへ来たことを幸運に思ってくれているようだった。

「そうだね。何人もいると、どこからか情報が流れるかも知れないからね。じゃ口を開いてね」

雄吾がミラーを手に屈み込んで言うと、利々も素直に大きく口を開いた。

さすがに歯並びは綺麗に揃って白かったが、奥歯まで見ると磨き残しもあり、湿り気ある息の濃度は何と七。

前に人から聞いたが、売れっ子のアイドルほど食後に歯磨きをする時間も取れず、生活も不規則だし虫歯になりやすく、インタビュアーもアイドルの口臭が少々きつくても仕方がないという不文律があるらしい。

今日も利々は急いで昼食を終え、歯磨きの時間も取れず、前歯だけ爪楊枝でチェックしただけなのだろう。

基本は加奈に似た甘酸っぱい果実臭だが、それにガーリック臭やオニオン臭、プラーク臭なども入り混じり、ドキドキするほど悩ましい匂いになり、感じるたび刺激がペニスに伝わっていった。

奥歯には治療痕も何カ所かあるが、問題は左奥のインレーが緩み、神経を刺激しているようだった。

「ここだね？」

「あ、はい……」

触れて言うと、利々は濃厚な息を弾ませて頷いた。

「大丈夫、すぐに治してあげるし痛みも治まるからね」

「あの、抜かなくて大丈夫でしょうか」

「ああ、もちろん抜かないし、今日だけで通院の必要もないようにするからね」

「有難うございます。お願いします……」

利々が言い、雄吾も本格的な治療に取りかかった。本当は通院して欲しいが、彼女もそんな時間は無いだろう。

まずは詰め物を除去し、病状の度合いを知るために、取り出したものを嗅いだが、これは普通に行うことである。

悩ましく濃い匂いにうっとりしそうになったが、もちろん余計なことを言ったりしたりするわけにはいかないから真面目に続け、利々も嗅がれて恥ずかしそうにモジモジしていた。

嗅いだ詰め物は捨てたが、容器は空だからあとから取り出して嗅いだり舐めたりしようと思い、いったん彼は背もたれを起こしてスピットンでうがいをさせ、再び倒した。

そして雄吾は、ハンドピースで詰め物を取った内側を少し削り直した。うがいしたため、吐息の濃度は五までに下がったが、それでも充分に鼻腔を心地よく刺激していた。

しかも治療中痛がるたび、ピクンと反応して甘ったるい汗の匂いが濃く揺らめき、口呼吸も熱く弾んだ。

削ると同時に潤いの水も出るから、利々の口の端に排唾管を引っかけると、唾液混じりの水が吸い出されていった。ストローで飲みたい気持ちを抑え、雄吾は手際よく削り、エアーを当てて乾かした。

「沁みるかな？」

「ええ、少し。でも大丈夫です」

「我慢しないで遠慮なく手を挙げてね」

雄吾は言って治療を続け、殺菌作用が強く神経を保護するＭＴＡセメントを詰めた。

「まだ痛む？」

「いいえ、嘘のように痛みが取れました」

訊くと利々が、驚いたようにつぶらな目を開いて答え、そして何度か様子を見るように舌で探った。

「まだあまり触らない方がいいよ。これで当分大丈夫だから」

雄吾は言って、もう一度うがいをさせた。

「歯石を取って全体を磨く？」

「はい、お願いします」

利々が答えて、また口を開いた。彼にしてみれば残念だが、濃度は四にまで下がってしまった。

そして雄吾はハンドピースを手にして先端を振動させ、順々に歯間の歯石を除去してやり、さらに隙間は、スケーラーという鈎形のピックで丁寧に掃除した。

唾液に濡れた舌が蠢いて息が弾み、ピンクの歯茎も艶めかしくヌメり、照らされた鼻の穴の奥まで覗きながら、雄吾は実に手際よく可憐なアイドルの口の中をいじり続けた。

どんなファンでも、こんな隅々まで観察したものはいないだろう。

糸楊枝も使って歯石も歯垢も全て取り除くと、彼は薬剤を付けた回転ブラシで歯の表面を磨いた。

うっすらと酸蝕歯の兆しもあるが、飲食物に気をつければ大丈夫だろう。

もう一度うがいをさせ、仕上げの点検をすると、もう吐息の濃度も三に下がり彼女本来の清らかな果実臭だけになった。これで舌苔まで綺麗にすれば濃度一になってしまうだろう。

「どう？　嚙み合わせてみて」

「わあ、大丈夫です。全く痛みません」

利々はカチカチと歯を嚙み合わせてから、可憐な笑顔を見せて答えた。

「有難うございます。先生が一人だけなので安心できました。なかなか他の部分もお医者に行かれなくて」

「他も気になるところがあるの？」

「ええ、でも、その……、先生は歯科だけでしょう？」

「うん、でも医大ではオールマイティの天才と言われていたし、他の科の治療は禁止されているけどカウンセリングならＯＫだからね」

雄吾は別れ難い気持ちで言った。

すると利々も、際どい話を切り出してきたのだ。今日はもうオフということもあるし、雄吾が何でも話しやすい雰囲気を持っているからだろう。

「実は私、寝ているときに無意識にアソコをいじってしまって、声も洩らしているようなんです。アイドル同士で泊まったときに言われて……」

モジモジと言われて、雄吾はこのアイドルと、歯の治療だけでなくさらに発展してしまいそうな予感を覚えたのだった。

2

「そ、それは欲求不満が溜まっているのだと思うよ。もちろん彼氏とかはいないだろうし」

雄吾は、利々の背もたれを楽な角度に戻して無影灯を消し、ワークテーブルを向こうへ押しやると、自分も椅子に座って言った。

「ええ、高校時代の彼氏と付き合っていたけれど、売れるようになってからは思い切って別れました。だから、もう一年半ぐらい誰も」

利々が正直に言う。

医師と二人きりなので、この際秘密ついでに気になることを何もかも告白する姿勢になっていた。

やはり処女ではなく、それなりの快感も知っているようだ。

「いじるのは、やはりクリトリス？　それとも中にまで？」

雄吾は言いながら、あくまで真面目で真剣な表情に努めた。

「よく分からないんですが、起きたときも疲れていて」

「確かにストレスも大きいだろうからね。快感の余韻とかは？」

「それはあります。ただ脱力感が大きいので」

利々も、全て心に溜まっているものを打ち明けてくれた。これも彼の白衣効果なのだろう。

「では仕事に差し支えちゃうね。正しいいじり方を覚えるか、あるいは出来ないように手を縛って寝るとか」

「正しいいじり方って？」

「疲れを残さないように、寝る前に早めに終えてすっきりすることだね。睡眠中に無意識にするから長引くんだから」

「なるほど、そうかもしれませんね……」

「かなり濡れちゃう方？」

「ええ、オネショしたのかと思ったときもありました……」

利々が、清らかな頬をほんのり染めて答えた。話しても、もう歯は全く疼かず痛んでいたことすら忘れているようだ。

「確かに、起きているときにすればいいんですね。でも早く終えるのって……」

「それは、一度思い切って男に快楽を与えてもらえば、それを思い出してイメージしやすくなるよ。どうせ付き合っていた彼氏は草食系で淡泊で自分本意だったでしょう」

「はい……」

「だったら、僕みたいなベテランのオジサンにしてもらえば必ずオルガスムスが得られて、それを思い出せばすぐいけるよ」

「先生とですか……、上手なんですか……」

「それはオールマイティの天才だからね」

ひょっとしたら、利々もその気になってきたのではないかと思い、雄吾は身を乗り出して強く説得した。

「どうせ、ここでの歯科治療も内緒なんだから、もっともっと秘密を持っても安心だよ」

「そうですね……、そうしたら今夜ぐっすり眠れるかも……」

利々は、短時間で痛みを消してくれたことで、すっかり雄吾に依存しはじめていた。

「診るだけ診ようか。形を診ればいいじって良い部位のアドバイスが出来るから」

雄吾は自分の部屋ではなく、あくまで治療の延長として、この場での行為を促した。

「ええ……」

やがて利々が決心して頷くと、雄吾は思わず射精しそうなほどの歓喜に包まれたが、もちろん表情は冷静を装い威厳を保った。

「じゃ脱いでごらん。下だけでいいから」

言うと利々も立ち上がり、ベルトを外してジーンズを脱いでいった。

(うわあ、とうとう利々のアソコが見られるんだ……)

雄吾は舞い上がる気持ちを抑え、脱いでゆく利々を見つめた。スニーカーを脱ぎ、ジーンズを脱いで籠に入れると、彼女はショーツも脱ぎ去った。

そして再び診察台に座ったので、雄吾は仰向け近くまで背もたれを倒し、灯りを点けた。

「脚を上げて抱えてね」

正面に椅子を引き寄せて言うと、利々もブラウスの裾をめくり上げ、両脚を浮かせて抱えた。ムチムチとした健康的な脚がＭ字になり、彼は白く滑らかな内腿(うちもも)の間に顔を寄せていった。

（うわ、これがアイドル利々のオマ××……）

中心部に目を凝らし、雄吾は感激と興奮に包まれ、夢でも見ているように心身がぼうっとなってきた。

ぷっくりした股間の丘には、ふんわりとしたひとつまみほどの恥毛が煙っていた。やはり水着になることも多いので、左右は処理しているようだ。

大股開きになっているので、割れ目からはみ出した陰唇も、やや縦長のハート型にはみ出し、僅かに中の柔肉が覗いていた。

「失礼、触れるよ」

雄吾は努めて冷静な口調で言って顔を寄せ、熱気と湿り気を感じながらそっと指を当て、陰唇を左右に広げた。

膣口(ちっこう)は花弁状の襞(ひだ)が入り組んで息づき、心なしか潤っているようだ。

柔肉も綺麗なピンクで、照らされているからポッンとした尿道口もはっきり見えた。

包皮の下から突き出たクリトリスは、さすがに年中いじっているからか、小指の先ほどもあって大きく、ツヤツヤとした真珠色の光沢を放ち、しっかりと亀頭の形をしていた。

「ああ……、恥ずかしい……」

利々が小さく息を震わせて言い、ヒクヒクと下腹と内腿を震わせた。

見られるのが商売のアイドルでも、強い灯りの下、男の顔の前で大股開きになっているのだから無理ないだろう。

仰向けに近い体勢で浮かせた両脚を抱えているから、キュッと閉じられた肛門も丸見えになっていた。蕾のように細かな襞が収縮し、これも実に清らかな薄桃色だった。

口の中も興奮したが、アイドルの割れ目内部と肛門まではっきり見ているのだから、雄吾の興奮は最大限に膨らみ、ズボンの中では痛いほどペニスが突っ張っていた。

「いじるのは、ここかな」

雄吾は囁(ささや)くように言い、指の腹でそっとクリトリスに触れた。

「あん……」

利々が声を洩らし、ビクッと反応した。キュッと膣口が引き締まると、次第に清らかな蜜がヌラヌラと溢(あふ)れてきた。

「濡れてきた。すごく感じやすいんだね」

「ええ、眠っているときは押さえようがないらしくて……」

「じゃ、一度いってしまう？　人にされるとどんなものか」

雄吾は言って顔を寄せた。どうせ若い男は彼女がいくまで舐めたりしていないだろう。恵美の彼氏もそうだったが、そのくせフェラチオだけは一丁前に要求するバカばっかりなのだ。

彼は返事も待たず、割れ目に顔を押し付けていった。ここまで見せているのだから、今さら拒まれはしないだろう。

「アアッ……！」

顔を埋められただけで利々は熱く喘(あえ)ぎ、内腿でムッチリときつく雄吾の両頬を挟み付けてきた。

彼は柔らかな恥毛に鼻を擦(こす)りつけ、隅々に籠もった熱気を嗅いだ。

やはり生ぬるい汗とオシッコの匂いが濃く沁み付き、悩ましく鼻腔を刺激してきた。

可憐なアイドルの股間が、こんなにムレムレの濃い匂いをさせているなど誰も信じないだろう。

雄吾は感激と興奮に包まれながら、何度も深呼吸して憧れのアイドルの匂いを貪り、舌を這わせていった。小振りの陰唇を舐め、表面から徐々に中に差し入れていくと、ヌルッとした淡い酸味の潤いに触れ、彼は膣口を掻き回し、クリトリスまで舐め上げた。

「ああ……！　い、いい気持ち……」

利々が顔を仰け反らせて喘ぎ、さらに内腿の締め付けを強めてきた。

彼はチロチロと舌先で弾くようにクリトリスを舐めては、溢れる蜜をすすり、さらに上の歯で包皮を剝いて吸い付いた。

「あう……、それ、いい……」

利々が、次第に朦朧となって呻き、正直な感想を洩らした。

雄吾はクリトリスを吸い、充分に匂いを味わってから尻に移動した。

谷間の蕾に鼻を埋め込み、秘めやかな微香を嗅いでから舌を這わせて濡らし、ヌルッと潜り込ませて粘膜を味わった。

「く……、嘘……、そ、そんなとこ、ダメです……」

利々が驚いたように言い、侵入した舌先を肛門でキュッと締め付けた。

どうも最近の若い男は、肛門を舐めないバカばっかりのようだ。

やがて雄吾は充分に舌を出し入れさせてから、再び割れ目に戻って大洪水の愛液をすすり、クリトリスを小刻みに吸い上げた。同時に濡れた膣口に指を挿し入れ、小刻みに内壁を擦ってやったのだった。

3

「い、いっちゃう……、気持ちいいわ……、ああーッ……!」

利々が声を上ずらせて喘ぎ、ガクガクと狂おしく仰け反った。どうやらオルガスムスに達してしまったようだ。

雄吾は味と匂いを心ゆくまで堪能(たんのう)し、やがて彼女が失神したようにグッタリと身を投げ出すと、ようやく舌を引っ込めて指を引き抜いていった。

彼女はハアハアと荒い呼吸を繰り返し、何度かビクッと肌を震わせて放心していた。

その間に雄吾は彼女の両のソックスを脱がせ、指の股にも鼻を割り込ませて蒸れた匂いを貪った。そして爪先にしゃぶり付いて、汗と脂に生ぬるく湿った全ての指の間をしゃぶった。

「ああ……」

利々がピクリと反応して喘ぎ、徐々に余韻から醒めて我に返りはじめたようだった。雄吾は両足とも、全ての指の股を味わい尽くしていった。

「あん……、くすぐったいです、もうダメ……」

ようやく利々が自分を取り戻し、顔を上げてか細く言った。

「すごい濡れたよ。気持ち良かったでしょう？」

「ええ……」

「ここにはシャワーもないから、上の階にある僕の部屋においで」

雄吾は言って白衣を脱ぎ、彼女を支えながら診察台から下ろした。すると彼女も素足で靴を履き、急いで下着とジーンズを穿いた。

彼は、診察台が愛液に濡れていないか確認してから灯りを消した。

一緒にクリニックを出て施錠し、階段で三階まで上がって部屋に招くと、またすぐに利々は脱ぎ、今度は下半身だけでなく全裸になった。

雄吾も全て脱ぎ、一緒にバスルームに入ってシャワーの湯を出した。

「ちょっと待ってね。濡らす前に」

彼は言い、利々の胸に顔を寄せた。臍の下は充分に舐めて嗅いだから、もう濡れても構わない。

まだファンの誰も見たことのない、ピンクの可愛い乳首にチュッと吸い付いて舌で転がすと、

「アアッ……」

利々はまだ快楽がくすぶっているように喘ぎ、雄吾の顔を胸に抱きすくめてきた。柔らかく張りのある巨乳がムニュッと顔中に密着し、彼は心地よい窒息感に噎せ返った。

雄吾は左右の乳首を交互に含んで舐め回し、顔中で清らかな巨乳の感触を味わった。

さらに腕を差し上げて腋の下にも鼻を埋め込むと、そこは生ぬるい汗にジットリ湿り、甘ったるいミルクのような匂いが濃厚に籠もっていた。

彼は可憐なアイドルの体臭で心ゆくまで胸を満たしてから、ようやく顔を離し

て互いの全身にシャワーの湯を浴びせた。

利々もほっとしたように身体(からだ)を流し、股間を洗った。

「ああ、残念。匂いが消えちゃう」

「匂い、しましたか？」

「うん、すごく可愛いオシッコの匂いが濃く沁み付いていた」

「ああン……」

言うと利々は羞(は)じらい、愛らしく身をくねらせた。

「ね、オシッコ出る？」

「少しなら……」

言うと利々も小さく答えた。彼は床に座って目の前に彼女を立たせ、例によって片方の脚を浮かせてバスタブのふちに乗せさせた。

「いいよ、出して」

開いた割れ目に口を付けて言うと、

「いいんですか……、こんな格好で出しても……」

利々が不思議そうに小首を傾(かし)げて言い、彼は拒まれないのが嬉(うれ)しかった。

「うん、いっぱい出して」

雄吾が言うと、利々も尿意が高まってきたか、息を詰めて下腹に力を入れてくれた。

湯に濡れた茂みに鼻を擦りつけて嗅いだが、やはり匂いの大部分は消えてしまった。それでも舌を這わせると、新たな愛液が溢れ、淡い酸味のヌメリが満ちていった。

「あう……、出ちゃう、本当にいいんですね……」

利々が言うなり、柔肉が迫り出して味わいと温もりが変化し、すぐにもチョロチョロと温かな流れがほとばしってきた。

それを口に受け、案外濃く悩ましい味と匂いを嚙み締めながら彼は喉に流し込んだ。

勢いが増してくると口から溢れた分が身体を伝い、匂いを揺らめかせながら激しく勃起したペニスを温かく濡らした。

「アア……」

利々は膝をガクガクさせて熱く喘ぎ、それでもピークを過ぎるとすぐに勢いが衰えて、間もなく放尿が終わってしまった。

雄吾は、ファンなら誰でも飲みたいものを味わい、感無量になって余りの雫をすすった。

「も、もう……」

感じながら利々が腰を引き、彼も割れ目から口を離して残り香に酔いしれた。

「飲んじゃったんですか……」

「うん、ファンを代表して味わったの。すごく美味しかった」

言うと利々は力が抜けたように座り込み、彼はもう一度互いの身体にシャワーの湯を浴びせた。

やがて流し終えると身体を拭き、二人で全裸のまま雄吾のベッドに移動した。

「ね、今度は利々ちゃんが僕のこれを可愛がって」

言いながら仰向けになり、ピンピンに勃起したペニスを震わせると、彼女も大股開きになった真ん中に腹這い、顔を寄せてきた。

湿った黒髪がサラリと股間を覆い、その内部に熱い息が籠もった。

利々は指で根元を支え、舌を伸ばしてチロチロと先端を舐め回し、張りつめた亀頭をくわえてくれた。

さらに、スッポリと喉の奥まで呑み込んで吸い付き、舌をからめてきた。

「ああ、気持ちいい……」

雄吾は夢のような快感に喘ぎ、アイドルの口の中で唾液にまみれたペニスをヒクヒク震わせた。

「ンン……」

利々も精一杯頬張り、熱い鼻息で恥毛をそよがせながら頬をすぼめて吸い、クチュクチュと舌を蠢かせてペニスを生温かな唾液に浸してくれた。

股間を見ると、何度もグラビアや映像でお世話になったアイドルが、自分のペニスをしゃぶっている。その感激だけで高まり、彼は危うく漏らしそうになってしまった。

もちろんアイドルの神聖な口を汚すのも魅力だが、ここはやはり一つになる方が先決だった。

「い、いきそう。もういいよ、有難う。じゃこっちに来て跨（また）いでね」

手を握って引っ張ると、利々もチュパッと口を引き離し、身を起こして仰向けの彼の上に前進してきた。

そしてペニスに跨がり、唾液に濡れた先端に割れ目を押し当ててきた。割れ目は、また新たな愛液が溢れているようだ。

利々は彼の胸に両手を突くと、息を詰めて腰を沈み込ませ、ヌルヌルッと滑らかにペニスを根元まで受け入れ、股間を密着させていった。

「ああッ……、すごいわ……」

彼女が完全に座り込んで喘ぎ、キュッと締め付けながら身を重ねてきた。

やはり若造よりも太さだけはあるし、利々も久しぶりだったので相当に感じているようだ。

やはり二十歳でも、舌と指でいくより一つになる方が良いらしい。

雄吾も肉襞の摩擦と締め付け、熱いほどの温もりと潤いに包まれながら快感を嚙み締めた。とうとう自分の女性運も、憧れのアイドルとセックスできるほどになったようだ。

彼は下から両手を回して抱き留め、すぐ果てるのは勿体ないので動かず、利々の顔を胸に押し当てて乳首を舐めてもらった。

「嚙んで……」

「大丈夫ですか……」

言うと利々は気遣いながらも、前歯でキュッと乳首を刺激してくれた。

「あうう、いい気持ち。もっと強く……」

さらにせがむと、利々は熱い息で肌をくすぐりながら強く嚙み、両方とも舌と歯で念入りに愛撫してくれた。

雄吾は甘美な痛み混じりの快感に、彼女の内部でヒクヒクと幹を震わせた。

「ここも噛んで」

頬や唇を指して言うと、利々も厭わず綺麗な歯をそっと立て、雄吾もいよいよ絶頂を迫らせて高まってきてしまった。

4

「ああ、気持ちいい。舐めて……」

利々の顔を引き寄せて言うと、彼女も愛らしい舌を伸ばし、雄吾の鼻の頭をチロチロと舐め回してくれた。

「ああ、いい匂い……」

雄吾は、唾液のヌメリと湿り気ある息を嗅ぎながら喘いだ。濃度三の、甘酸っぱい果実臭が悩ましく鼻腔を刺激してきた。

「でも、治療前の濃い匂いの方が興奮した」

「すごく匂ってましたか……、サインや握手会の時は気をつけるんですけど」

「うん、可愛い顔と匂いのギャップに萌えた」

雄吾は言いながらも、利々の開いた口に鼻を押し込み、熱い湿り気を胸いっぱいに嗅ぎ、可愛らしい果実臭で鼻腔を満たした。

そして唇を重ね、柔らかな感触を貪りながら執拗に舌をからめ、滑らかな舌触りと生温かな唾液を味わった。

「もっと唾を飲ませて……」

囁くと利々も懸命に分泌させ、白っぽく小泡の多い唾液をトロトロと吐き出してくれた。

それを味わい、うっとりと喉を潤した。

「ね、顔中にも強くペッて吐きかけて」

「そ、そんなことできません。治してくれた先生に……」

「ううん、綺麗なアイドルの唾で、汚れきった僕を清めて欲しい……」

雄吾は幹を震わせて言い、とうとう小刻みにズンズンと股間を突き上げはじめていった。

「あう……、すごいわ、感じる……」

久々の利々は味わうようにキュッキュッときつく締め付けて呻き、願いを叶えてくれるように大きく息を吸い込むと、近々と顔を寄せて唇をすぼめ、ペッと吐きかけてくれた。

「ああ、もっと……」

甘酸っぱい息を顔中に受け、生温かな唾液の固まりを鼻筋に受けながら喘ぐと利々も興奮に任せて続けて吐きかけてきた。

清らかな唾液が顔中をヌラヌラとまみれさせ、甘酸っぱい匂いとともに頬の丸みを心地よく伝い流れた。

雄吾は、いったん動くと止まらなくなり、次第に勢いを付けて激しく腰を突き動かし、滑らかな摩擦に高まっていった。

利々も、大量の愛液を漏らして律動を滑らかにさせ、クチュクチュと淫らに湿った摩擦音を響かせはじめた。

「い、いっちゃう……」

利々が息を詰めて言い、収縮を活発にさせてきた。

「ね、可愛い声で、オマ××気持ちいいって言って」

「オ、オマ××気持ちいい……、アアーッ……！」

言うなりオルガスムスのスイッチが入ったように利々が声を上げ、ガクンガクンと狂おしい痙攣を開始して股間を擦りつけた。

もうひとたまりもなく、雄吾も彼女を抱きすくめながら動き続け、収縮の渦に巻き込まれるように昇り詰めてしまった。

「い、いく、利々ちゃん……！」

突き上がる絶頂の快感に口走りながら、ありったけの熱いザーメンをドクンドクンと勢いよくほとばしらせ、奥深い部分を直撃した。

「あう……、熱いわ……」

噴出を感じた利々が呻き、駄目押しの快感を得たようにキュッときつく締め付けてきた。雄吾は心ゆくまでアイドルとの快感を噛み締め、最後の一滴まで出し尽くしていった。

やがて、すっかり満足しながら彼が突き上げを弱めていくと、

「ああ……、すごい……」

ようやく嵐が通り過ぎると利々が声を洩らし、肌の強ばりを解きながらグッタリと力を抜いてもたれかかってきた。

雄吾は、息づくような収縮に刺激されてヒクヒクと過敏に幹を震わせた。

そしてアイドルのかぐわしい息を間近に嗅ぎながら、可憐な顔を見上げ、うっ

とりと快感の余韻に浸り込んでいったのだった。

利々も力尽きて体重を預け、彼の耳元で荒い呼吸を繰り返していた。

雄吾は重みと温もりを感じながら、まだ萎えずにペニスが利々を求めていることに気づいた。

確かに、今回は一期一会で、次はいつ会えるか分からないのである。

近くに住んでいたとしても、今後ますます彼女は忙しくなるし、人目も気にするだろう。

それを思うと終えてしまうのが名残惜しく、雄吾はいつしか彼女の中で再び完全に元の硬さと大きさを取り戻してしまった。

「あん……、どうか、もう……」

回復に気づいたように、利々が感じすぎて降参した。

「もう一回だけしておきたい」

「中ではダメ……」

雄吾が言うと、利々が済まなそうに答えて股間を引き離し、愛液とザーメンに濡れたペニスがヌルリと引き抜けた。

「じゃ、いきそうになるまでこうしていて……」

雄吾は添い寝してもらい、自分でペニスをしごきながら利々の口に鼻を押し込み、可愛らしい果実臭の息を嗅ぎながら絶頂を迫らせていった。

ここはやはり慣れた自分の指の方がポイントを心得ているので、すぐにも高まってきた。

何しろ相手は、今までさんざん抜きまくってきた中峰利々なのである。

やがて射精が近づくと、彼は利々の顔を股間に押しやった。

「お願い、お口でして……」

言うと彼女も素直に顔を移動させ、濡れた亀頭も構わずパクッとくわえ、舌を這わせながら顔を上下させ、スポスポと心地よい摩擦を繰り返してくれた。

（ああ、隠し撮りしたかった……）

雄吾は思い、可憐な顔でペニスを頬張る利々を見ながら快感に貫かれ、そのまま絶頂に達してしまった。

「い、いく……、飲んで……」

ダメ元で口走りながら、利々の唇の締め付けと吸引、舌の蠢きを受けながら熱いザーメンを勢いよくほとばしらせた。

「ク……」

喉の奥を直撃され、利々が小さく呻いたが口は離さなかった。

雄吾は快感に身悶えながら、何度も肛門を引き締めて脈打つようにドクドクとザーメンを絞り出し、全て出し切ってグッタリと力を抜いた。

さすがに五十歳での連射は疲れた。

動きを止めると利々も吸引と舌の蠢きを止め、含んだまま口に溜まったザーメンをコクンと飲み干してくれた。

「あう……、嬉しい……」

雄吾は思わず腰を浮かせ、駄目押しの快感に呻いた。

利々も全て飲み込んでくれ、ようやく口を離すと、なおも尿道口から滲む余りの雫まで丁寧に舐め取ってくれた。

「く……、も、もういいよ。気持ち良かった。どうも有難う……」

過敏にヒクヒク反応しながら雄吾は言い、やっと利々も舌を引っ込めて顔を上げた。

自分の精子が、可憐な歌声を発するアイドルの口から生きたまま飲み込まれ、胃で吸収されて栄養になると思うと限りない幸福感が湧いた。

「気持ち良かったですか？　二回も続けて出せるなんてすごいです」

利々が、チロリと舌なめずりして言った。

どうも若い奴らは、続けて出来ない罰当たりばかりのようだった。

雄吾は身を投げ出して呼吸を整え、もう一度彼女を抱き寄せ、かぐわしい吐息を嗅ぎながら余韻に浸ったのだった……。

5

「順調だわ。すっかり軌道に乗った感じね」

乃梨子が、レストランで雄吾に夕食を奢ってくれながら言った。

「ええ、乃梨子先生が頑張っているからでしょう」

雄吾も、赤ワインでステーキを片付けながら答えた。

確かに審美も、雄吾の一般歯科も予約が入って忙しくなっている。

ただ先日の利々は結局、記入してもらった書類は使わず治療費ももらわなかった。何しろ大きな快楽と悦びを与えてもらったのだし、彼女も、自分の本名と住所などは提出したくないだろう。

もちろん雄吾は利々にメアドを教え、時間があるときは連絡するように言っておいたが、忙しい彼女には難しそうだった。それでも大きな快楽を得て、眠りながらのオナニーは控えめになるに違いない。

そして雄吾自身も今後、利々のグラビアや画像で抜くときは、隅々まで味も匂いも知っているのだと思うとオナニーも充実することだろう。

「花山先生も、すっかり貫禄がついて頼りになるわ。評判も良いのよ」

「ううん、クリニックは乃梨子先生で持っているんだからね」

彼は言い、やがて食事を終えてワインの余りも飲み干した。

「ね、うち来て」

「どうしようかしら。ずっと疲れていたし明日もあるから……」

言うと乃梨子はモジモジと答えたが、実際には迷っておらず、その気は充分にありそうだった。それは、乃梨子が彼を夕食に誘ったときから感じていたことである。

「すぐ済むから」

「いやよ……」

「じゃジックリしようね」

彼が言って立ち上がると、乃梨子も会計を終え、一緒に店を出た。

そしてビルに戻って三階に上がり、雄吾は彼女を部屋に招き入れた。

「じゃ、ちょっと待っててね」

彼は言い、自分だけ洗面所に行って全裸になり、バスルームで全身を洗い流して歯磨きと放尿も手早く済ませた。

身体を拭いて全裸で部屋に戻ると、彼女はさっきのままの姿で待っていた。と、乃梨子が持っている紙袋を見ると、洗濯するつもりらしい白衣が入っていた。明日は新品のものを使うのだろう。

「わあ、裸の上からこれ着て。やっぱり乃梨子先生は白衣が似合うから」

「私も、シャワー浴びて歯磨きしたいわ」

「それはダメ。さあ脱ごうね」

雄吾は勃起したペニスをヒクヒクさせながら、彼女のブラウスを脱がせ、ベッドへと誘った。

シャワーを浴びてはいけないのは予想していたようで、乃梨子も素直に自分から脱ぎはじめてくれた。みるみる白く滑らかな熟れ肌が露わになり、雄吾は、一糸まとわぬ姿の彼女に白衣を羽織らせた。

「やっぱり綺麗だ。じゃこうして」

雄吾は見惚れながら乃梨子をベッドに乗せ、まずは四つん這いにさせて尻を突き出させた。

白衣の裾をめくると、白く豊満な尻が現れた。

堪らずに顔を埋め込み、顔中に弾力ある双丘を感じながら、谷間の蕾に鼻を押しつけて嗅いだ。

甘ったるい汗の匂いに混じり、ほんのりと秘めやかなビネガー臭が籠もり、嗅ぐたびに悩ましく鼻腔が刺激された。

何度も深呼吸して嗅いでから、舌をチロチロと這わせて襞を濡らし、ヌルッと潜り込ませて滑らかな粘膜を探った。

「く……！」

顔を伏せたまま乃梨子が呻き、キュッと肛門で舌先を締め付けてきた。

雄吾は少しでも深く入れようと押し付け、中で舌を蠢かせた。

「ああ……、ダメ……」

乃梨子が喘ぎ、尻を持ち上げていられなくなったように、そのままうつ伏せになってしまった。

彼はようやく美女の尻から顔を上げ、滑らかな脚を舐め降り、指の股にも鼻を割り込ませ、汗と脂に湿ってムレムレになった匂いを貪った。

そして両の爪先をしゃぶり、全ての指の間に舌を挿し入れて味わった。

「も、もうダメ、汚いわ……」

乃梨子が言い、ゴロリと仰向けになってしまった。

彼も添い寝し、甘えるように腕枕してもらい、乱れた白衣の中に潜り込んだ。

腋の下に鼻を埋めると甘ったるい汗の匂いが濃厚に籠もり、それにずっと着ていた白衣にも彼女の体臭が沁み付いていた。

充分に嗅いでから移動し、ツンと突き立った乳首に吸い付き、舌で転がしながら顔中を柔らかな巨乳に押し付けて感触を味わった。

「アア……」

乃梨子もクネクネと身悶えて喘ぎ、もう何をされても拒まないほど興奮が高まってきたようだった。

雄吾は左右の乳首を順々に含んで舐め回し、再び仰向けになった。

「ね、顔に跨がって」

言いながら手を引っ張ると、乃梨子はためらいながらも身を起こしてきた。

雄吾の顔の横に足を置くと、恐る恐る跨がり、白衣の裾をめくって和式トイレスタイルでしゃがみ込んでくれた。
脹(ふく)ら脛(はぎ)と太腿がムッチリと張り詰めて量感を増し、肉づきの良い割れ目が鼻先に迫り、熱気と湿り気で顔中を包み込んできた。
はみ出した陰唇が僅かに開き、ヌメヌメする柔肉と大きめのクリトリスが覗いていた。

「すごい濡れてるよ」

「言わないで、恥ずかしい……」

「オマ××お舐めって言って座り込んで」

「アア、そんなこと言わせたいの、意地悪ね。オマ××お舐め……」

乃梨子は自分の言葉に羞恥快感を覚えて喘ぎながら、彼の鼻と口にギュッと股間を押しつけてきた。

「むぐ……、嬉ぢい……」

雄吾は心地よい窒息感に噎せ返って言い、鼻に擦りつけられる恥毛の感触と匂いを味わった。汗とオシッコの匂いが実に程よくブレンドされ、悩ましく鼻腔を刺激してきた。

「ああ……、そんなに嗅がないで……」

乃梨子は腰をくねらせて言い、しゃがみ込んでいられず彼の顔の左右に両膝を突いた。

雄吾は何度も乃梨子の匂いを吸い込んでから舌を挿し入れ、淡い酸味のヌメリに満ちた膣口の襞を搔き回し、ツンと突き立ったクリトリスまで、ゆっくりと舐め上げていった。

「ああッ……、き、気持ちいい……」

乃梨子は声を上ずらせ、羞恥とは裏腹にグイグイと彼の顔に股間を押しつけてきた。雄吾もチロチロとクリトリスを舐めては溢れる愛液をすすり、執拗に吸い付いた。

「も、もうダメ、すぐいきそうよ……」

乃梨子が言い、早々とした絶頂を惜しむように股間を引き離すと、仰向けの彼の上を移動してペニスに顔を寄せてきた。

そしてソフトクリームでも味わうように、ネットリと舐め上げ、粘液の滲む尿道口も念入りに舌を這わせてきた。

「ああ、いい気持ち……」

「ずるいわ。自分だけ洗ってしまって」

雄吾が喘ぐと乃梨子は詰るように言い、深々と含んで強くチュッと吸い付いてきた。ペニス全体が温かく濡れた美女の口に納まり、内部でも舌が満遍なく這い回った。

彼は股間に熱い息を受け、乱れた白衣姿でペニスを貪る美女を見ながら高まっていった。しかし彼が危うくなる前に、乃梨子がスポンと口を引き離し、身を起こして前進してきた。

「いい？　待てないの……」

乃梨子が言ってペニスに跨がり、濡れた膣口に先端を受け入れていった。

屹立した肉棒が、ヌルヌルッと滑らかに根元まで嵌まり込み、股間がキュッと密着してきた。

「アアッ……、いいわ……！」

乃梨子が顔を仰け反らせて喘ぎ、座り込んだまま艶めかしく腰を揺すった。

白衣の間から巨乳が覗き、全裸以上に興奮をそそる眺めだ。

雄吾も肉襞の摩擦と締め付けに包まれて高まりながら、両手を伸ばして彼女を抱き寄せた。

下から顔を寄せ、喘ぐ口に鼻を押しつけて嗅ぐと、食後の濃厚な甘い匂いとワインの香気が悩ましく鼻腔に沁み込んできた。

「ああ、いい匂い。濃度六もある……」

「まあ……」

彼がうっとりと呟くと乃梨子は羞恥に声を上げ、それでも逆に上からピッタリと唇を重ね、すぐにも腰を動かしはじめた。

雄吾も股間を突き上げると、互いのリズムが一致してピチャクチャと卑猥に湿った摩擦音が聞こえ、溢れた愛液が陰嚢までネットリと生温かく濡らした。

「い、いく、すごいわ……、アアーッ……！」

舌をからめていた乃梨子が、すぐにオルガスムスに達して顔を上げ、唾液の糸を引きながら激しく喘いだ。同時にガクガクと狂おしい痙攣が起こり、膣内の収縮が高まった。

「く……！」

同時に雄吾も昇り詰めて呻き、ありったけの熱い大量のザーメンを勢いよくドクドクと柔肉の奥にほとばしらせてしまった。

「あう、もっと……！」

乃梨子が噴出を感じて呻き、さらにキュッキュッと飲み込むような収縮を繰り返した。雄吾も心ゆくまで快感を味わい、股間を突き上げて最後の一滴まで出し尽くしていった。

「ああ……、もうダメ……、すごすぎるわ……」

乃梨子が力尽きてグッタリともたれかかり、雄吾も受け止め、熱くかぐわしい息を嗅ぎながら余韻に浸り込んでいったのだった。

第五章　二人がかりの熱き快感

1

「あの、先生にお願いがあるの」

加奈から雄吾の携帯に電話が入った。

「うん、何でも言ってね」

「私の一級先輩の、美沙という子が先生と初体験したいって」

「うわ、話しちゃってるの？」

言われて雄吾は驚いた。いかに仲の良い先輩でも、関係を打ち明けるということは、自分はやはり加奈にとって恋人ではないようだ。歳が違いすぎるから無理もないが、彼は寂しく、同時に興味が湧いてきた。

「次のお休みの昼過ぎに、三人で会えるかしら」

「うん、いいよ。なるべく前の晩からシャワーとウオシュレットと歯磨きをしないようにね」

雄吾は言い置き、電話を切った。

（うーん、どういうつもりだろう。加奈ちゃんが自慢げに喋（しゃべ）ったら、その先輩の美沙が羨ましがって、自分もと言ったんだろうか。こんなオッサンとやりたいって……）

彼はあれこれ思ったが、少なくとも若い子と出来るのなら、何も断る理由はなかった。

心待ちにして休日になると、雄吾は昼食を終えて念入りにシャワーと歯磨きを済ませ、洗濯済みの下着を着けて出向いていった。

場所は、加奈の指定で彼女のマンションである。乃梨子は、一日中大学病院で帰りは遅くなるようだ。

「お邪魔しまあす」

「いらっしゃい。どうぞ」

雄吾が訪ねると、加奈が招き入れてくれた。

彼は、乃梨子の留守中に自宅に上がり込むことに、後ろめたさの伴う禁断の興奮を得た。

「はじめまして。立花美沙です」

リビングのソファにいた美沙が、立ち上がって挨拶した。

大学二年生で、誕生日を迎えたばかりの二十歳ということだ。ポニーテールで眉が濃く、気の強そうな眼差しをした美形である。

話では、中学高校は剣道部だったというスポーツウーマンだ。

その体育会系の美沙が、なぜか美術部だった加奈を可愛がっているらしい。

すでに美沙は加奈から雄吾のことを詳しく聞いていたらしく、初対面でも幻滅した様子などはなく、むしろ期待と好奇心に目を輝かせていた。

「いきなりも何だから、まず、お話しようか」

雄吾は言い、美沙の向かいのソファにかけた。加奈は自分の部屋に引っ込んだようだ。

「ええ、私は中高生時代から加奈と一緒で、一級上です。家が近所なので、クラブ活動は違うけど、何かと顔を合わせていました」

「そう、それで美沙ちゃんは、彼氏はいないの。カッコ良くて綺麗なのに」

「何だか、同じ学年の男子には興味なかったです。剣道で強くなることに熱中していたし、ナンパなんかしてくる男は大嫌いでした」

「なるほど。それよりは可愛い加奈ちゃんを可愛がっている方が」

「はい」

「で、もしかして二人は女同士の体験はあるの？」

「少しだけです」

雄吾が訊くと美沙が答え、彼もやや納得したものだった。美沙のように颯爽として強そうな先輩がいたから、加奈は奇跡的に十八まで処女でいたのかも知れないと思ったのだ。

「女同士の体験を、詳しく聞いてもいい？」

「いえ、ただ何度かキスして、お乳を吸って、アソコをいじり合った程度です」

美沙が、カウンセリングを受けるように正直に答えた。

「では、割れ目を舐め合うとかは？」

雄吾は、興奮を抑えて質問を続けた。

「それはありませんでした。加奈がかなり恥ずかしがるもので。でも私は欲望が強く、自分でのオナニーは器具も使うようになってしまいました」

美沙が、ほんのり頬を染めて言う。

「そう、健康だし試合なんかのストレスもあっただろうからね。それで器具の挿入も?」

「はい、入れて気持ち良く感じることもありました。でも今回、加奈が初体験したと聞いて、急に私も体験したくなったんです。加奈の恋人を盗る気はないけれど、パパのような人だというので、若い男の子よりはうんと年上の方がいいし、加奈と同じ人が良いと思って」

「なるほど……」

すでに雄吾は激しく勃起していた。

「でも加奈の条件は、見ている前でということなので私もOKしました」

「そう、それで僕に会って、こんな人が最初の相手で大丈夫?」

「はい、加奈が言っていた通りの優しそうな人ですし」

美沙が答え、雄吾も痛いほど股間を突っ張らせ、完全にやる気になった。

「分かった。じゃ加奈ちゃんのお部屋に行こうか。僕は来るとき全部綺麗にしてきたからね」

「あの、加奈から聞いたけれど、ゆうべから何も洗うなって……」

「うん、匂いは濃い方が燃えるからね。湯上がりが一番味気ないんだ」

「臭いのが好きなんですか……」

「可愛い女性に臭い匂いはないの。濃いか薄いかだけ。十段階の濃度七ぐらいが最も感じるの」

雄吾は言って立ち上がり、加奈の部屋に行った。

中に入るとベッドと机があり、思春期の体臭が生ぬるく籠もり、そして彼は加奈の姿を見て目を丸くした。

「か、加奈ちゃん……」

何と加奈は着替え、前に言った雄吾の希望通り、高校時代のセーラー服姿になってくれていたのだ。白い長袖で、襟と袖だけ三本の白線の入った紺。スカーフは白で、スカートは濃紺。

加奈は素足で、どうやら全裸の上から着てくれたらしい。

「わあ、懐かしいわ。あの頃に戻ったみたい……」

美沙も、目を見張って言った。

「じゃ脱いで、先生も美沙さんも全部」

加奈が愛くるしい笑顔で言い、雄吾は嬉々として脱ぎはじめていった。

美沙も、ためらいなくブラウスのボタンを外してスカートを脱いでゆき、みるみる二十歳になったばかりの肌を露わにしていった。

「じゃ、二人で観察したいので、先に先生が仰向けになってね」

加奈だけセーラー服姿のまま言い、手早く全裸になった雄吾はベッドに仰向けになった。

枕には、加奈の甘ったるい匂いが可愛らしく沁み付いていた。

すると美沙も全裸になり、さすがに健康的に引き締まった肢体をしていた。

肩や二の腕は鍛えられて発達し、乳房はそれほど豊かではないが張りがありそうで、白い腹は段々になるほど腹筋が浮き出ていた。

やがて美沙は、加奈と一緒に恐る恐る雄吾の股間に迫ってきた。

大股開きになると、美沙が真ん中に腹這って顔を寄せ、加奈は横から顔を寄せてきた。

二人分の熱い視線と息を股間に感じ、雄吾はピンピンに屹立したペニスをヒクヒクと震わせて期待を高めた。

やはり二人に見られると恥ずかしく、仲良しの女性二人の方がリードする形になり、彼は料理される側になって妖しい興奮が湧き上がった。

「すごいわ、こんなに勃ってる……、それにバイブより太いのね……」

美沙が目を凝らして言うと、加奈が指を這わせてきた。

「この、先っぽの少し裏側が感じるみたいなの」

加奈が囁いて、尿道口の下を探った。今日は、加奈の方が美沙より先輩になって、あれこれ説明していた。

すると美沙も指を這わせ、青筋立った幹から張りつめた亀頭に触れ、陰嚢も探ってから袋をつまみ、肛門の方まで覗き込んできた。

やはり女二人でいると、羞恥より好奇心が優先されるようだ。

「濡れてきたわ。これはザーメンじゃないわよね」

「感じてくると先走りで、私たちみたいに濡れるみたい」

二人が股間でヒソヒソ囁き合い、それぞれの指がペニスに這い回ると、雄吾は今にも暴発しそうに絶頂が迫ってきてしまった。

何しろ今日を楽しみに、昨夜は抜いていないのである。

「舐めてみましょうね。最初はここから」

加奈が言い、雄吾の両脚を持ち上げ、尻に迫ってきた。そして加奈は先に舌を伸ばし、チロチロと肛門を舐め回してくれたのだ。

「こんなところ舐めるの？」

「あとで私たちもいっぱい舐めてもらうのだから」

美沙に答え、加奈は充分に舐めてからヌルッと潜り込ませてきた。

「あう……！」

雄吾は美少女の舌を受け入れて呻き、キュッと肛門で締め付けた。

やがて加奈が離れると、すぐに美沙も同じように舌を這わせてきたのだった。

2

「アア……、気持ちいい……」

微妙に感触の違う舌先が潜り込み、雄吾は激しい快感に喘ぎ、モグモグと収縮させながら処女の清潔な舌を肛門で味わった。

連続した舌の愛撫に、ペニスは内部から刺激されて上下した。

次第に美沙もためらいを捨てて大胆に舌を蠢かせ、やがて引き離した。

「今度はここも」

加奈が言い、二人で頬を寄せ合って陰嚢にしゃぶり付いてきた。

二人も今まで何度もキスしている仲だから、舌が触れ合っても気にならないのだろう。

熱く混じり合った息が股間に籠もり、それぞれの睾丸(こうがん)が二人の舌に転がされ、袋全体がミックス唾液に生温かくまみれた。

「ここは急所だから、吸うときは優しく」

加奈がいちいち指示し、二人でそっと吸ってくれた。

やがて二人はほぼ同時に、ペニスの付け根から裏側と側面を舐め上げてきた。

そして先端まで来ると、張りつめた亀頭にも二人で舌を這わせ、尿道口から滲(にじ)む粘液を交互に舐め回した。

「ああ……、い、いきそう……」

雄吾は急激に高まって喘ぎ、股間を見るとセーラー服の美少女と全裸の美女が顔を寄せ合って亀頭をしゃぶっているのだ。まるで姉妹が、一本の棒アイスでも食べているようだ。

そうか、男だと穴兄弟という言葉があるが、女性二人だと棒姉妹というのか、と雄吾は取り留めもなく思った。

さらに二人は交互に肉棒を呑み込み、喉の奥まで頬張った。

代わる代わる根元まで含んでは、頬をすぼめてチューッと吸い付いてスポンと引き抜き、すぐに交代するのである。

あまりの快感に、雄吾はどちらに呑み込まれているのか分からないほど朦朧としてきた。それでも二人の口の中は、温もりも舌の蠢きも微妙に異なり、それぞれに刺激的だった。

もう我慢できず、雄吾は大きな絶頂の快感に激しく全身を貫かれてしまった。

「い、いく……、アアッ……！」

喘ぎながら、熱い大量のザーメンがドクンドクンとほとばしると、

「ク……」

ちょうど含んでいた美沙の喉の奥を、最も濃く勢いの良い第一撃が直撃した。

「飲んで」

加奈が言い、美沙が驚いて口を離すと、すかさず亀頭を含んで余りを吸い出してくれた。美沙は、口に飛び込んだ分をゴクリと飲み込んでくれたようだ。

「ああ……、気持ちいい……」

雄吾は喘ぎながら、加奈の口の中に一滴余さず絞り尽くしてしまった。

そして満足しながらグッタリと身を投げ出すと、加奈も吸引を止めた。

加奈も全て飲み込んでからチュパッと口を離し、なおも幹をしごきながら、尿道口に脹らむ余りの雫を二人でペロペロと舐め合ってくれた。

「あうう……、も、もう降参、離れて……」

雄吾は過敏に反応して呻き、クネクネと腰をよじった。

ようやく全て綺麗にしてくれた二人が顔を上げ、ヌラリと舌なめずりした。

「生臭いわ……」

「ええ、でも気持ち良くなってくれると嬉しいの」

二人は感想を述べ合った。

雄吾は荒い呼吸を繰り返し、大の字になって幸福な脱力感に浸った。

「やっぱり、出たあとは小さくなるのね……」

「ね、先生、どうすれば回復するかしら」

言われて、雄吾も遠慮なく答えた。

「二人で顔の横に立って、足の裏を乗せて……」

「まあ、そんなことを……」

美沙が驚いて言ったが、すぐに加奈が立って促されると、一緒に彼の顔の方に移動してきた。

顔の左右に二人が立つと、脚の温もりが両頬に感じられた。

「いいの……？」

加奈が脚を浮かせると、美沙も言いながら同じようにし、互いに身体を支え合った。二人の足裏がキュッと顔に触れてくると、雄吾は急激にムクムクと回復していった。

雄吾が、それぞれの足裏を舐めると、加奈はくすぐったそうに震え、美沙はさすがに道場の床を踏みしめていただけあり逞しく大きかった。

指の股に鼻を割り込ませて嗅ぐと、どちらも汗と脂に生ぬるく湿り、ムレムレの匂いが濃く沁み付いていた。

爪先をしゃぶって全ての指の股にヌルッと舌を挿し入れると、

「あう……！」

美沙が驚いたように呻き、指を縮めてきた。

やがて足を交代してもらい、雄吾はそちらも充分に二人分の味と匂いを堪能したのだった。

「じゃ、加奈ちゃんから跨いでしゃがんで」

すでに体験している加奈から言うと、彼女もためらいなく顔に跨がってきた。

そして濃紺のスカートをめくってしゃがみ込むと、白い脚がM字になって内腿がムッチリと張り詰め、すでに濡れている割れ目が鼻先に迫った。

雄吾は柔らかな若草に鼻を埋め、汗とオシッコの匂いを貪りながら舌を這わせていった。

淡い酸味のヌメリをすすり、息づく膣口からクリトリスまで舐め上げると、

「あん……、いいわ……」

加奈が喘ぎ、力が抜けて座り込みそうになるのを堪えて、彼の顔の左右で懸命に両足を踏ん張った。

「気持ち良さそう……」

覗き込んでいる美沙が言い、自分が舐められているように息を弾ませた。

雄吾は美少女の味と匂いを堪能し、尻の真下にも潜り込んだ。顔中にひんやりした双丘を受け止めながら、谷間の蕾に鼻を埋めて嗅ぐと、約束を守って生々しく秘めやかな匂いを籠もらせ、彼の鼻腔を刺激してきた。

彼は何度も深呼吸して匂いを貪り、やがてチロチロと舌を這わせ、ヌルッと潜り込ませて粘膜を味わった。

「あう……！」

加奈が呻き、キュッと肛門で舌先を締め付けてきた。

やがて美少女の前も後ろも味と匂いを貪り尽くすと、ようやく雄吾は舌を引っ込めて交代させた。

加奈が名残惜しげに股間を上げて場所を空けると、美沙もすぐに跨がり、和式トイレスタイルでしゃがみ込んできた。

「アア……、恥ずかしいわ……」

美沙はガクガクと膝を震わせて喘ぎ、ようやく彼の鼻先に股間を迫らせた。

雄吾は下から腰を抱え、二十歳の処女の割れ目に目を凝らした。

さすがに脹ら脛も内腿も逞しく引き締まり、恥毛も程よい感じでふんわりと煙っていた。

割れ目からはみ出す陰唇は興奮に色づき、加奈以上にヌラヌラと大量の蜜に潤っていた。

指を当てて陰唇を広げると、無垢な膣口が襞を入り組ませて息づき、大きめのクリトリスが光沢を放ってツンと突き立っていた。柔らかな茂みに鼻を埋め込んで嗅ぐと、やはり甘ったるい濃厚な汗の匂いとほのかな残尿臭が混じって鼻腔を掻き回し、うっすらとしたチーズ臭も悩ましく胸に沁み込んできた。

雄吾は胸いっぱいに嗅いで刺激に興奮しながら舌を挿し入れ、やはり淡い酸味のヌメリに満ちた膣口を舐め回し、クリトリスを探っていった。

その間、加奈はもう良いだろうとセーラー服とスカートを脱いでしまった。やはり二人と同じ、開放的な全裸になりたかったようだ。

さらに雄吾は美沙の尻の真下に潜り込み、谷間にひっそり閉じられた薄桃色の蕾に鼻を埋め、生々しい匂いを貪ってから舌を這わせ、襞を濡らしてヌルッと潜り込ませた。

「あう……！」

美沙が呻き、キュッときつく肛門で舌先を締め付けた。

雄吾は充分に舌を蠢かせて粘膜を味わい、再び割れ目を舐め上げて愛液をすすり、クリトリスに吸い付くと、

「き、気持ちいいッ……！」

美沙が声を震わせて突っ伏し、彼の顔に覆いかぶさってしまった。

いったん雄吾は下から這い出し、あらためて美沙を仰向けにさせ、大股開きの真ん中に顔を進めていった。

すると加奈も一緒に、彼に頬を寄せて美沙の割れ目を覗き込んできたのだ。

「私のも、こういう形？」

加奈が、濡れた割れ目に目を凝らしながら、可愛らしく甘酸っぱい息を濃く揺らめかせて囁いた。

「うん、加奈ちゃんの花びらとクリトリスはもう少し小さめだけど、色は大体これぐらい綺麗だよ」

雄吾は答え、美沙の割れ目を広げて加奈にも良く見せてやった。

3

「アア……、二人で見ているの……？」

美沙が、羞恥と興奮で朦朧となりながら喘ぎ、二人分の視線と息を股間に感じてクネクネと腰をよじらせた。

「舐めてごらん」

雄吾が言うと、加奈も顔を寄せ、舌先でチロチロとクリトリスを舐め回した。

「あう……、加奈が舐めているの……？」

美沙は肌を強ばらせて呻き、加奈も嫌がらず念入りに舌を這わせた。

雄吾も舌を伸ばし、加奈の甘酸っぱい息を嗅ぎながら一緒にクリトリスを舐めると、クリトリスよりも、ほとんど加奈の舌を舐めているような感じになった。

「ああ……、嬉しい、いい気持ち……」

美沙は、加奈にも舐められている悦びに息を弾ませ、さらに多くの愛液を漏らしてきた。

やがて割れ目を加奈に任せ、雄吾は美沙の肌を舐め上げ、初々しく淡い色合いの乳首にチュッと吸い付いていった。

もう片方にも指を這わせながら、張りのある膨らみに顔中を押し付けると、生ぬるく甘ったるい汗の匂いが感じられた。

しかし美沙の全神経は、同性に舐められている股間に集中しているようだ。

雄吾は左右の乳首を順々に味わい、さらに腋の下にも鼻を埋め込み、じっとり汗ばんで甘い匂いを貪った。

すると、ようやく加奈も美沙の股間から這い出して添い寝し、同じ愛撫をせがむように仰向けになってきた。

そう、二人を相手にするということは、平等に味わわなければならないのだ。

雄吾は加奈の乳首も含んで舐め回し、同じように生ぬるい体臭を貪った。

「アア……、気持ちいい……、入れて……」

加奈が喘いで言った。どうやら美沙に手本を見せるように、先に挿入して欲しいらしい。

「じゃ、上から入れて」

雄吾は言い、真ん中に仰向けになった。もちろんペニスは、二人分の割れ目を舐めて充分すぎるほどピンピンに回復している。

加奈は屈み込んでペニスをしゃぶり、唾液で潤いを補充してから身を起こして跨がってきた。

美沙は隣で、次は自分の番だからと緊張しながら見守っていた。

加奈は先端を濡れた割れ目に受け入れ、ゆっくりと腰を沈めて座り込んだ。亀頭が潜り込むと、あとはヌメリと重みで滑らかにヌルヌルッと根元まで受け入れていった。

「ああッ……！」

加奈が顔を仰け反らせて喘ぎ、雄吾も肉襞の摩擦と温もりに包まれ、快感を味わった。彼女は雄吾の胸に両手を突っ張って上体を反らせ、ピッタリと股間を密着させてキュッキュッと締め付けてきた。

もう初回ほどの痛みもないようで、加奈は自分から緩やかに腰を動かしはじめていった。

雄吾も、さっきあまりに強烈なダブルフェラで射精したばかりだから、少々動かれても暴発の心配はなかった。何しろ次が控えているのだから、長持ちさせなければいけない。

「ああん……、交代……」

やがて加奈が、痛みは克服したものの絶頂には到らないまま言って、股間を引き離してきた。

すると美沙が身を起こし、さすがに思い切りよく彼の股間に跨がってきた。

そして加奈の愛液にまみれた先端に自ら割れ目を押し当て、処女の膣口にゆっくり受け入れていったのだ。

これも処女とはいえ、バイブ挿入に慣れているから、滑らかに根元まで納めてしまった。

「アア……、温かいわ……」

美沙も顔を仰け反らせ、キュッと締め付けて喘いだ。やはりバイブとは違う、血の通ったペニスを入れて感無量のようだった。

それでも締まりは抜群で、加奈とは温もりと感触も微妙に違い、彼は立て続けに味わえる幸福を嚙み締めた。

やがて美沙は上体を起こしていられなくなったように覆いかぶさり、身を重ねてきた。雄吾も両手を回して抱き留め、下から唇を重ね、ネットリと舌をからませて生温かな唾液を味わった。

美沙の吐息も熱く湿り気があり、甘酸っぱい濃厚な果実臭が含まれ、悩ましく鼻腔を刺激してきた。

雄吾は、添い寝している加奈の顔も引き寄せ、同時に唇を重ねさせた。

「ンン……」

加奈も割り込むように舌を挿し入れ、三人でからみつけはじめた。

何という贅沢(ぜいたく)な快感であろう。

十八歳の美少女と、二十歳の美女の混じり合った吐息で鼻腔を満たし、ミックス唾液でうっとりと喉を潤しているのだ。

もう堪(たま)らず、雄吾はズンズンと小刻みに股間を突き上げはじめてしまった。

「ああッ……！」

美沙が唾液の糸を引いて口を離し、熱く喘ぎながら自分も腰を遣ってきた。

相当にバイブで激しいオナニー体験を経てきているようで、処女なのにいつしか互いに股間をぶつけ合うようにリズムを合わせていった。

「気持ちいいわ、いきそう……」

美沙が言うと、加奈が羨ましげにそんな様子を見た。

いったん初体験の順序で優位に立ったものの、快感という点では再び加奈は後輩に戻ってしまったようだ。

「いっぱい唾を飲ませて……」

動きながら言って二人の顔を引き寄せると、加奈は懸命に唾液を分泌させ、小泡の多い粘液をトロトロと彼の口に吐き出してくれた。それを見て美沙も同じように滴らせてきた。

彼は二人分の生温かなシロップを味わい、うっとりと喉を潤して酔いしれた。

「顔中にも垂らして……」

興奮を高めながら言うと、先に加奈が遠慮なくクチュッと垂らし、美沙も同じようにした。生温かな粘液を鼻筋や頬に受け、さらに顔を抱き寄せると、二人は舌で顔中に塗り付けてくれた。

「ああ、気持ちいい……」

雄吾は喘ぎ、股間の突き上げを激しくさせていった。

二人の舌が鼻の穴から瞼、頬や耳にまで這い回り、混じり合った唾液と吐息の甘酸っぱい匂いに包まれ、彼は交互に二人の舌を舐め回しながら、とうとうオルガスムスに達してしまった。

「い、いく……！」

大きな絶頂の快感に突き上げられながら口走り、彼はありったけの熱いザーメンをドクンドクンと美沙の内部に勢いよくほとばしらせた。

「アアッ……、熱いわ……、気持ちいいッ……！」

噴出を感じた途端に美沙も声を上ずらせ、そのままガクンガクンと狂おしい痙攣と収縮を繰り返した。

やはりバイブは射精しないから、その感触だけで美沙も昇り詰めてしまったようだった。

「すごいわ、気持ち良さそう……」

また加奈が羨ましそうに言い、美沙はヒクヒクと肌を震わせながら、いつしかグッタリと彼の上にもたれかかってきた。

雄吾も心置きなく最後の一滴まで出し尽くし、二人目の処女の余韻に浸った。

まだ膣内がキュッキュッと息づくような収縮を繰り返し、刺激されるたびペニスがピクンと内部で跳ね上がった。

「も、もうダメ……」

美沙も感じすぎて言い、そろそろと股間を引き離し、加奈と反対側にゴロリと横になっていった。

「私も、すぐいけるかしら……」

「ああ、次にはきっと気持ち良くなるよ……」

加奈が添い寝しながら囁き、雄吾も頷(うなず)いた。

「美沙さん、痛くなかった？」

「ええ、バイブよりずっと気持ち良かったわ……」

加奈に聞かれ、美沙は呼吸を整えながら満足げに答えた。

雄吾は二人の柔肌に左右から挟まれ、この分ならもう一回ぐらいしておかないと悔いが残るなと思った。

何しろ相手が二人だと、精力も快復力も倍になるようなのだ。

やがてティッシュでの処理もせず、三人は起き上がってベッドを降り、バスルームに移動したのだった。

4

「ね、ここに立って、肩を跨いで」

加奈と美沙が全身を洗い流してほっとしたのも束の間、雄吾は床に座って二人に言い、左右から彼の肩を跨がせた。

二人も素直に跨がり、両側から彼の顔に向けて股間を突き出してくれた。

「オシッコかけて」

雄吾は、みたび勃起しながら二人の太腿を抱えて言い、左右の割れ目に舌を這わせた。

もう濃かった匂いも薄れてしまったが、どちらも舐め回すと新たな淡い酸味の蜜が溢れて舌の動きを滑らかにさせた。

「ええっ、そんなこと信じられないわ……」

美沙は驚いて言ったが、すでに加奈が息を詰め、下腹に力を入れて尿意を高めているのを知ると、慌てて自分も力みはじめた。もともと負けん気が強い性格だし、後れを取ったら、なおさら出なくなると思ったのだろう。

「あん、出るわ……」

加奈が息を詰めて言うので割れ目に舌を挿し入れると、柔肉が盛り上がり温もりと味が濃くなり、すぐにもチョロチョロと温かな流れが彼の口にほとばしってきた。

味も匂いも淡く控えめで、雄吾は嬉々として飲み込み、溢れた分が温かく肌を伝った。

「アア……、私も……」

ためらいがちだった美沙も声を洩らし、ポタポタと温かな雫が肩に滴って来たので、彼も顔をそちらに向けた。

美沙も流れがほとばしり、割れ目に溜まった滴る分と、僅かに捻りが加わって放物線を描く分に分かれ、同じように舌に受けると、加奈よりやや味と匂いが濃くて悩ましかった。

その間も加奈の流れが肌を濡らし、混じり合った匂いが生ぬるく彼の鼻腔を満たしてきた。

やがて加奈の流れが治まったので、再び顔を向けて割れ目内部を舐め回し、残り香の中で余りの雫をすすった。

そして美沙も放尿を終えたので、同じように舌を挿し入れて掻き回すと、どちらも新たな愛液を溢れさせていった。

ようやく顔を引き離すと、二人とも力尽きたようにクタクタと座り込み、雄吾はもう一度三人でシャワーを浴び、身体を拭いてベッドに戻った。

「ね、また勃っちゃったから、二人でして……」

雄吾は巨体を横たえ、屹立したペニスを震わせながら言った。

「どうしてほしいの？」

加奈が言うので、彼は二人を左右から添い寝させ、顔を胸に抱き寄せた。

「ここ、舐めたり噛(か)んだりして」

言うと二人とも、彼の両の乳首にチュッと吸い付いてきた。そして熱い息で肌をくすぐりながら、チロチロと左右の乳首を舐め回して生温かな唾液に濡らし、前歯でキュッと乳首を挟み付けてくれた。

「あう、気持ちいい、もっと強く……」

雄吾が甘美な刺激に身悶(みもだ)えて呻くと、二人ともやや力を込めて噛んでくれた。

彼は、美女と美少女に少しずつ食べられていくような快感に包まれ、二度の射精などなかったかのように高まっていった。

二人の頭を押しやると、素直に移動し、脇腹や下腹も舌と歯で愛撫し、徐々に下降していった。

すると二人は彼の腰から太腿に降り、キュッと歯が食い込むたび、

「アア、もっと……」

雄吾はクネクネと身悶えながら喘ぎ、そんな反応が面白いように、二人も競い合うように強く噛んで移動してくれた。

そして足まで行くと、二人は申し合わせたように彼の足首を摑んで持ち上げ、足裏に乳房を押し付けてくれたのだ。

「わあ、気持ちいい……」

雄吾は驚いて喘ぎ、二人の清らかな乳房を踏みしめるような禁断の快感に酔いしれた。

足裏には、コリコリと乳首も擦りつけられ、さらに二人は屈み込んで、自分がされたように彼の爪先にしゃぶり付き、順々に指の股にヌルッと舌を割り込ませてきたではないか。

「く……、い、いいよ、そんなことしなくても……」

彼は申し訳ないような快感に呻き、二人の舌を指で締め付けた。

二人は全てしゃぶり尽くすと、雄吾を大股開きにさせて脚の内側を舐め上げ、やがて股間に熱い息を交じらせながら頰を寄せ合い、同時にペニスに舌を這わせてきた。

「アア……」

亀頭をしゃぶられ、彼は急激に絶頂を迫らせた。

「いきそう、どうする？　また入れようか……」

「私は、もうさっきので充分です」

「じゃ私にして」

雄吾が言うと美沙は満足したように答え、加奈が名乗りを上げた。

そして彼が身を起こすと加奈が仰向けになり、美沙は横で見守った。

「これ、使ってみる？　前に、してみたいって言っていたでしょう」

美沙が言い、バッグから何か小さなものを取り出した。

それは小さな楕円(だえん)形のピンクローターだった。

「ええ……、こわいけど、してみたいわ……」

加奈が言うと、美沙は彼女の股間に屈み込み、まずは割れ目を舐め回し、さらに脚を浮かせて肛門も唾液に濡らした。

「ああッ……」

加奈も、初めて美沙に股間を舐められて喘いだ。雄吾が興奮しながら見ていると、美沙は唾液に濡れた加奈の肛門に小振りのローターをズブズブと押し込んでしまった。

あとは肛門からコードが伸び、彼女が電池ボックスのスイッチを入れると、中からブーン……と低い振動音が聞こえてきた。

「アア……、変な気持ち……」

「すごく濡れてきたわ。じゃ先生、入れてみて」

加奈が喘ぐと美沙が言い、雄吾も胸を高鳴らせながら股間を進めていった。

そして幹に指を添え、先端を濡れた割れ目にあてがい、感触を味わいながらゆっくり挿入していった。

「あう……、すごいわ……、壊れそう……」

ヌルヌルッと根元まで押し込むと、加奈が熱く呻いて締め付けてきた。

股間を密着させると、雄吾も妖しい快感に包まれた。肛門に潜り込んだローターの振動が、間の肉を通してペニスの裏側にも伝わり、さらに膣内がきつく締まるのだ。

身を重ねると、加奈も両手でしがみついてきた。すると美沙も添い寝し、彼女の頰に唇を押し当てた。

「痛くない……？」

「ええ、うんと乱暴にして下さい……」

雄吾が囁くと加奈が答え、彼も徐々に腰を突き動かしはじめていった。

「アアッ……、感じる……」

加奈がいつになく声を上ずらせ、前後の穴を塞がれながら激しく股間を突き上げはじめた。可憐(かれん)な美少女が、こんな強烈な行為に感じるとは夢にも思わず、彼も次第に勢いを付けてピストン運動した。

愛液も大洪水になって律動を滑らかにさせ、ピチャクチャと淫らな摩擦音が響いて互いの股間がビショビショになった。

雄吾は高まり、上から加奈に唇を重ね、舌をからめながら絶頂を迫らせていった。

すると横から美沙も唇を割り込ませ、彼は二人の舌を舐めて生温かな唾液をすすり、混じり合った甘酸っぱい息の匂いで、とうとう絶頂に達してしまった。

快感に呻きながら雄吾が勢いよくザーメンを注入すると、

「く……!」

「あ、気持ちいい、何これ……、アアーッ……!」

加奈も激しく声を上げ、ガクガクと腰を跳ね上げて狂おしく悶えたのだ。

「いっちゃった?」

美沙も横から悦ぶように加奈の耳を舐めて囁き、雄吾も収縮と摩擦の中で心置きなく最後の一滴まで出し尽くしてしまった。

女性の膣感覚によるオルガスムスは、実に微妙なタイミングで得られるようで加奈の場合は仲良しの先輩が一緒で、恥ずかしい後ろの穴も刺激され、しかも美沙の絶頂を目の当たりにして羨ましく思っていたという要素が全て一致したようだった。

雄吾も大きな悦びの中で満足し、動きを止めて加奈にもたれかかった。

彼女もヒクヒクと痙攣しながら、何とも少女らしからぬ色っぽい表情で目を閉じ、ハアハアと荒い呼吸を繰り返していた。

あまり乗っていては重いだろうから、雄吾はそろそろと股間を引き離すと、美沙もスイッチを切ってコードを引っ張り、彼女の肛門からローターを引き抜いていった。

丸く開いた肛門からローターがツルッと抜けると、一瞬粘膜を覗かせ、すぐにつぼまって元の可憐な形状に戻った。

「ああ……、すごかった。溶けてしまいそう……」

加奈がうっとりと声を洩らし、添い寝した雄吾は二人分の吐息を嗅ぎながら、同じようにうっとりと余韻を味わったのだった……。

5

「今日は夕食どう？」

「いえ、実は用事があるんです」

すでに乃梨子も帰った閉業時間に、雄吾が訊くと、恵美が答えた。

「そう、それは残念。デート？」

「いえ、お友達に婚活に誘われてしまって……」

「そう、合コンみたいなものかな」

「ええ、でもみんな仕事帰りだから、集合が七時なんです」

「そう、じゃまだだいぶ時間があるね」

雄吾はムクムクと勃起しながら言った。恵美ほど清楚（せいそ）な美女なら、きっと男たちに気に入られることだろう。

「それなら歯を診ておいてあげようね。第一印象は歯が肝心だからね」

「いえ、いいです……」

「いいからいいから」

雄吾は恵美の手を引き、診察台に座らせ、背もたれを倒してしまった。

そして横から屈み込み、恵美に口を開かせると、手入れするまでもなく綺麗な歯並びが覗いた。

そのまま鼻を押し込んで湿り気ある息を嗅ぐと、それでも昼食後からだいぶ時間も経（た）ち、今日も忙しかったので乾き気味になり、花粉のように甘い匂いの濃度は五だった。

「いい匂い……」

「あ……」

胸いっぱいに嗅ぎながら言うと、恵美が羞恥に小さく声を洩らし、さらに温かな息を吐きかけてきた。彼は充分に嗅いでから唇を重ね、舌を挿し入れてネットりとからみつかせた。

加奈や美沙との三人プレイも夢のように心地よかったが、どこかスポーツのように明るく、やはり秘め事は一対一の密室の方が淫靡な雰囲気がある。

「ンン……」

恵美も熱く鼻を鳴らし、チロチロと舌を蠢かせてくれた。

婚活もあまり気が進まないらしく、それよりは雄吾との直接的な快楽の方が良いようだった。

雄吾は生温かな唾液をすすり、恵美の吐息を胸いっぱいに嗅いで舌と唇を味わってから唇を離した。

そしてまだ着替えていないピンクのユニフォームのボタンを外して胸を開き、裾をめくって下着を引き脱がせてしまった。

「ああ、いいのかしら、ここで……」

恵美は、後戻りできない高まりを覚えながら、ためらいがちに言った。

雄吾は彼女の足の方に顔を寄せてソックスを脱がせ、足指の間に鼻を押しつけて蒸れた匂いを貪り、汗と脂の湿り気を舐め回した。

「あう……、ダメです、汚いのに……」

恵美が呻き、ヒクヒクと脚を震わせて反応した。

彼は両足とも味と匂いが薄れるほどしゃぶり尽くし、やがて脚をM字にさせて真ん中に顔を寄せていった。

白くムッチリした内腿を舐め上げ、中心部を見ると、はみ出した陰唇はしっとりと蜜に潤いはじめていた。

柔らかな茂みに鼻を擦りつけて嗅ぐと、今日も汗とオシッコの匂いが程よくブレンドされて、生ぬるく鼻腔を刺激してきた。

「ああ、すごくいい匂い」

「アアッ……!」

嗅ぎながら舐めると、恵美がビクッと顔を仰け反らせて熱く喘いだ。

チロチロとクリトリスを舌で探ると、さらにヌラヌラと熱い愛液が湧き出してきた。

雄吾は舌で掬い取るように舐め、さらに白く丸い尻の谷間に鼻を埋め、ピンクの蕾に籠もった微香を貪ってから舌を這わせ、ヌルッと潜り込ませた。

「く……」

恵美が呻き、キュッキュッと肛門で舌先を締め付けてきた。

雄吾は、舌を出し入れさせるように動かして粘膜を味わった。

すると前の割れ目からは、さらに多くの愛液が溢れてくるのが分かった。

「じゃ、ベッドの方へ移動しようか」

雄吾は言って背もたれを上げ、フラつく恵美を支えながら診察ベッドの方へ移動した。彼も白衣を脱ぎ去り、下のTシャツとズボン、下着まで脱ぎ去ってしまった。

そして仰向けにさせた恵美の胸を開いてブラをずらすと、色づいた乳首にチュッと吸い付き、舌で転がしながら顔中を柔らかな膨らみに押し付けた。

乱れた服の内部には甘ったるい汗の匂いが馥郁(ふくいく)と籠もり、彼は左右の乳首を味わってから、さらに潜り込むようにして腋の下にも鼻を埋め、濃厚な体臭で胸を満たした。

「アア……、もう、このまま行くの止(よ)そうかしら……」

「ううん、行った方がいいよ。済んで満足したあとの方が、色んな男を冷静に観察できるからね」

恵美が言うのに答え、ようやく雄吾は身を起こした。

「僕にもして」

言いながら仰向けになると、恵美も場所を空けながら彼の股間に移動した。

せがむように屹立した幹をヒクヒク震わせると、すぐにも恵美が屈み込み、小指を立てた手で上品に幹を支えながら、粘液の滲む先端をチロチロと滑らかに舐め回してくれた。

そして張りつめた亀頭にも舌を這わせて生温かな唾液にヌメらせ、丸く開いた口でスッポリと根元まで呑み込んできた。

「ああ……、気持ちいい……」

雄吾はうっとりと喘ぎ、股間に熱い息を受けながら、美女の口の中でペニスを上下させた。

恵美も深々と含んで吸い付き、舌をからめながら念入りに愛撫してくれた。

さらに顔全体を小刻みに上下させ、濡れた口でスポスポと強烈な摩擦を繰り返してくれたのだ。

「い、いきそう……、入れて……」

充分に高まって言うと、恵美もスポンと口を引き離して身を起こし、そのまま前進してペニスに跨がってきた。先端を濡れた膣口に受け入れ、息を詰めてゆっくり座り込んだ。

たちまち根元まで滑らかに納まり、互いの股間が密着した。

「アアッ……、いいわ……」

恵美が顔を仰け反らせて喘ぎ、何度かグリグリと股間を擦りつけてから身を重ねてきた。彼も肉襞の摩擦と温もり、きつい締め付けに包まれながら両手で抱き留めた。

「オマ××気持ちいいって言って」

「オ、オマ××気持ちいい……、ああッ、意地悪……」

囁くと、恵美は甘い刺激の息を弾ませ、自分の言葉に激しく高まって腰を動かしはじめた。

「オチ××ン好きって言って」

「ああ、先生のオチ××ン好き……、ダメ、恥ずかしいこと言うと、すぐいきそう……！」

恵美が声を上ずらせて言い、実際キュッキュッと膣内の収縮が活発になってきた。雄吾も急激に高まりながら、ズンズンと勢いを付けて激しく股間を突き上げ続けた。

診察ベッドがギシギシと悲鳴を上げ、溢れる愛液が彼の陰嚢から肛門にまで伝い流れ、クチュクチュと湿った摩擦音が響いた。

「舐めて……」

鼻を押しつけて言うと恵美もヌラヌラと舌を這わせ、惜しみなく甘い吐息と生温かな唾液を与えてくれた。さらに顔中を擦りつけると、恵美も生温かな唾液でヌラヌラとまみれさせた。

「い、いく……！」

美女の悩ましい匂いに包まれながら雄吾が口走り、ありったけの熱いザーメンをドクドクとほとばしらせると、

「き、気持ちいいッ……、アアーッ……！」

噴出を感じた途端に恵美もオルガスムスに達して喘いだ。

彼は心ゆくまで摩擦快感を味わい、最後の一滴まで出し尽くしていった。

満足して突き上げを弱めていくと、恵美も徐々に肌の強ばりを解いてグッタリと体重を預けてきた。

「アア……、すごかったわ……」

彼女がかすれた声で言い、なおも名残惜しげにペニスを締め上げた。その刺激に幹がヒクヒクと過敏に震え、雄吾は彼女の重みと温もりを受け止め、熱く甘い

息を嗅ぎながら快感の余韻を嚙み締めた。

「さあ、そろそろ行くといいよ」

「そんな、少し休ませて下さい……」

意地悪く言うと、恵美は答えながらキュッときつく締め付けてきた。

そして彼女は思い出したようにビクッと肌を波打たせ、しばらくは起き上がれないように、互いに荒い呼吸を整えたのだった。

第六章　快楽の日々は果てなく

1

「嬉しいです。すごく会いたかった……」

雅枝が雄吾に言い、すぐにも服を脱ぎはじめていった。

彼は休日にメールをもらい、駅前で落ち合った二人はラブホテルに来ていたのだった。

雅枝も、相当に欲求を溜め込んでいるようで、濃厚なフェロモンを漂わせるように、みるみる白い熟れ肌を露わにしていった。

もちろん雄吾も、メールをもらったときから期待に股間を熱くさせ、気が急くように全裸になった。

すでに家でシャワーと歯磨きとトイレは済ませていた。

「本当にいいんですか。メールで言われた通り、私はシャワー浴びなくて……」

「うん、自然のままのナマの匂いが好きだから」

雄吾は答え、互いにベッドに横になった。

三十五歳の熟れ肌が息づき、生ぬるく甘ったるい汗の匂いが艶めかしく漂っていた。

濃く色づいた乳首からは、今日もうっすらと白濁の母乳が滲んでいる。

まず乳首に吸い付いて顔中を柔らかな巨乳に押し付けて感触を味わい、薄甘い母乳を貪った。

「アア……、いい気持ち……」

来る前から高まっていたように、すぐにも雅枝が熱く喘ぎ、両手できつく彼の顔を抱きすくめてきた。

彼は心地よい窒息感に噎せ返り、もう片方の乳首にも移動して含み、生ぬるい母乳を吸い出した。しかし、そろそろ出なくなる時期らしく、分泌されるのはほんの少量であった。

さらに彼は熟れた未亡人の腋の下に鼻を埋め込み、濃厚な体臭を嗅いだ。

腋毛の隅々に籠もった汗の匂いを貪り、胸を満たしてから熟れ肌を舐め降りていった。

「ああ……、好きにして下さい……」

どこに触れても感じるように、雅枝はクネクネと身悶えて言った。

彼は臍を舐めて腰からムッチリした太腿に、脚を舐め降りて足裏を舐め、蒸れた匂いの沁み付いた指の股にも鼻を割り込ませて嗅いだ。

そして左右の爪先をしゃぶり、いよいよ脚の内側を舐め上げて股間に顔を進めると、悩ましい匂いを含んだ熱気が渦巻くように籠もっていた。

溢れた愛液が陰唇と内腿の間に糸を引き、指で広げると膣口には母乳のように白っぽい本気汁が滲んでいた。

顔を埋め込み、柔らかな茂みに鼻を擦りつけて嗅ぐと、甘ったるい汗の匂いが濃厚に沁み付き、ほんのりしたオシッコの匂いも鼻腔を刺激してきた。

舌を這わせると、淡い酸味のヌメリが溢れ、彼はすすりながらクリトリスまで舐め上げていった。

「アアッ……、すぐいきそう……！」

雅枝が身を弓なりに反らせて喘ぎ、内腿できつく彼の顔を挟み付けた。

雄吾はクリトリスを吸い、さらに彼女の両脚を上げて尻の谷間に鼻を埋め込んでいった。

レモンの先のように僅かに色っぽく突き出た蕾には、汗の匂いに混じって生々しい微香が籠もり、それを貪り嗅ぎながら舌を這わせ、潜り込ませてヌルッとした粘膜を味わった。

「あう……！」

雅枝が呻いてキュッと肛門で舌を締め付け、さらに新たな愛液を溢れさせた。

やがて前も後ろも存分に味と匂いを堪能し、顔を上げると雅枝が言った。

「お願い、入れて……」

「うん、じゃ最初は後ろからね」

彼は答えて身を起こし、雅枝をうつ伏せにさせて尻を高く突き出させた。

そして豊満な尻を抱えて股間を進め、バックから先端を膣口にあてがい、ゆっくり挿入していった。

「ああッ……！」

ヌルヌルッと根元まで押し込むと、雅枝が顔を伏せて喘ぎ、白く滑らかな背中を反らせ、キュッと締め付けてきた。

雄吾は、股間に当たって弾む尻の感触を味わいながら、ズンズンと股間をぶつけるように突き動かし、肉襞(にくひだ)の摩擦に高まった。

しかし、彼女の場合は総入れ歯を外したフェラが醍醐味(だいごみ)なので、ここで果てるわけに行かず気を引き締めた。

背中に覆いかぶさり、両脇から手を回し、たわわに実って揺れる巨乳をわし摑(づか)みにした。

「アア……、もっと強く……」

雅枝も尻を動かしながらせがみ、雄吾は締め付けを味わいながら股間をぶつけるように突き動かした。

しかし途中で身を起こしてペニスを引き抜き、雅枝を横向きにさせた。

下の脚に跨(また)がり、上の脚に両手でしがみつきながら、松葉くずしの体位で再び挿入。

「あうう……、いいわ……」

雅枝が呻き、互いの股間が交差して密着感が高まった。滑らかな内腿同士も擦り合わせ、危うくなると雄吾が動きを止めてまた引き抜いた。

今度は雅枝を仰向けにさせ、正常位で挿入していった。

「ああ……、お願い、最後までして……」

股間を密着させて身を重ねた雄吾に、下から激しくしがみつきながら雅枝が言った。

雄吾は、なるべく我慢しながら腰を突き動かし、上からピッタリと雅枝に唇を重ねた。柔らかな感触を味わい、舌をからめると彼女も息を弾ませて吸い付いてきた。

雅枝の吐息は今日も濃度二、うっすらと甘い刺激を含んでいるだけで、雄吾には物足りなかった。

「外して……」

唇を離して囁くと、雅枝は口に指を入れて上下の総入れ歯を外してくれた。口から離すときも僅かに入れ歯を動かして唾液の糸を切る仕草が、実に慣れた感じである。

外したものを枕元のティッシュに包んでおくと、雄吾はあらためて歯のない口を開かせ、鼻を押し込んで甘い匂いを貪り、舌を這わせて滑らかな歯茎を隅々まで探った。

その間も彼女はズンズンと腰を突き上げ、雄吾の背に爪まで立てて悶えた。

「い、いく……！」

たちまち雅枝は声を洩らし、ガクガクとオルガスムスの痙攣を開始してしまった。膣内の収縮が高まり、巻き込まれるように続いて雄吾も昇り詰め、快感に任せて激しく股間をぶつけるように律動した。

心地よい摩擦の中、熱い大量のザーメンが勢いよく内部にほとばしると、

「あう、もっと……！」

噴出を感じた彼女が駄目押しの快感を得て呻き、さらにきつくキュッキュッと締め付けてきた。まさに膣内は、歯のない口がペニスを締め付けて舌鼓でも打つようだった。

「ああ、気持ちいい……！」

雄吾もドクドクと射精しながら喘ぎ、心置きなく最後の一滴まで出し尽くしてしまった。

すっかり満足しながら動きを弱め、グッタリともたれかかっていくと、

「アア……、良かった……」

雅枝も満足げに声を洩らし、熟れ肌の硬直を解いて四肢を投げ出していった。

彼は美女の甘い息を嗅いで余韻を味わい、中でヒクヒクと幹を震わせた。

そして身を起こし、そろそろと股間を引き離してゴロリと横になると、まだ呼吸も整わない雅枝が移動し、愛液とザーメンにまみれたペニスにしゃぶり付いてきたのだ。

「ンン……」

深々と含んで熱く鼻を鳴らし、吸引しながら舌をからませ、さらに滑らかな歯茎で亀頭をマッサージしてきた。

「わ、わひひひ……」

雄吾は過敏に腰をくねらせて奇声を発したが、あまりに心地よいので拒まず、濃厚な愛撫(あいぶ)に身を委ねてしまった。

実に雅枝は、母乳も出るし名器だし、そのうえ歯のないフェラという最強の武器を持っているので、言うことなしの美女であった。

射精直後で萎えかけたペニスが、雅枝の口の中で唾液にまみれ、唇と舌と歯茎の刺激に加え、温かな息と唾液のヌメリでムクムクと急激に回復していった。

硬くなったのが嬉しいように、雅枝は喉の奥まで含んでスポスポと強烈な摩擦を開始した。

そういえば雅枝は、口の中も感じるのであった。

「ま、またいっちゃう……、ああーッ……！」

雄吾も股間を突き上げ、まるで美女の口とセックスしているように喘ぎ、たちまち二度目のオルガスムスを迎えてしまった。

熱い噴出を喉の奥に受けると、さらに雅枝は口腔を締め付けて吸引し、最後の一滴まで吸い出してくれたのだった……。

2

「わあ、嬉しい。来てくれたんだ……！」

雄吾は、キャップとサングラスを外した利々の顔を見て歓声を上げた。

今日も一日仕事を終え、夕方に三階に戻ってきたところである。

「ごめんなさい。メールもせずアポ無しで来ちゃって」

「ううん、いいんだよ。入って。忙しいのに有難う」

雄吾は舞い上がって利々を招き入れ、ドアを内側からロックしながら股間を熱くさせた。

「歯は大丈夫？」

「ええ、今日仕事が一段落して、明日からハワイで写真集の撮影なんです。その前に来たくて」

「そう、夕食は？」

「まだいいです。それに明日の仕度があるから、あまり長くいられません」

「じゃ、ちょっとだけさせてね」

彼は利々の淫気を感じ取り、激しく勃起しながら言ってベッドに誘った。

もちろん彼女もその気で来ているらしく、すぐにも脱ぎはじめてくれた。

「ね、録画してもいい？」

「それだけはダメです」

「そうだよねえ」

言われて諦め、雄吾もこの一回を大切に味わおうと思った。

やがて互いに全裸になると、雄吾は例によって自分が仰向けになり、利々を顔に跨がらせて立たせた。

「わあ、真下から見られるなんて……」

「じゃ、僕の顔に足を乗せてね」

雄吾は、激しく屹立(きつりつ)したペニスを期待に震わせながら言った。

利々は羞(は)じらいながらも、言われるまま恐る恐る片方の足を浮かせ、壁に手を突いて身体(からだ)を支えながら、そっと足裏を彼の顔に乗せてきた。

雄吾は顔中に可憐(かれん)なアイドルの足裏を感じて陶然となった。今日も撮影を終えてすぐ来たらしく、指の股は汗と脂に湿って、ムレムレの匂いが濃く沁み付いていた。

「ああ……、変な感じ……、人の顔を踏むなんて……」

「これから色んな役をやるんだから、何でも出来ないとね」

彼は言いながら足裏を舐め回し、指の股の匂いを貪ってから爪先にしゃぶり付いた。そして指の間も全て舐めてから、足を交代してもらい、そちらも味と匂いを貪った。

利々は健康的にムチムチした脚を震わせ、次第に立っていられなくなってきたようだ。

ようやく彼は顔の両側に足を置き、利々をしゃがみ込ませた。

脚がM字になり、内腿がムッチリと張り詰めて量感を増し、熱気を籠もらせた股間が鼻先に迫ってきた。ぷっくりした割れ目からはみ出す花びらは、蜜を宿してヌメヌメと潤っていた。

　腰を抱き寄せ、柔らかな茂みに鼻を埋め込んで嗅ぐと、今日も汗とオシッコの匂いが悩ましく籠もっていた。

「いい匂い……」

「恥ずかしいわ……」

　真下から言うと、利々はビクリと震えて小さく言った。

　雄吾は胸いっぱいにアイドルの体臭を満たし、舌を這わせて淡い酸味のヌメリを探り、膣口からクリトリスまで舐め上げていった。

「アアッ……、いい気持ち……」

　彼女が熱く喘ぎ、思わずキュッと座り込んできた。

　雄吾は執拗にクリトリスを舐めては溢れる蜜をすすり、さらに尻の真下に潜り込み、顔中に白く丸い双丘を受け止めながら、谷間の蕾に鼻を埋め込んだ。汗の匂いに混じり、秘めやかな微香が馥郁と籠もり、嗅ぐたびに悩ましい刺激が鼻腔を満たしてきた。

　そしてチロチロと舌先で舐めて濡らし、ヌルッと潜り込ませて粘膜を味わい、執拗に中で蠢かせた。

「あうう……、ダメ、汚いわ……」

利々はか細く言い、キュッと肛門で舌先を締め付けてきた。

雄吾は充分に味わってから、再び割れ目に戻って新たなヌメリをすすり、クリトリスに吸い付いた。

「あん、感じすぎるわ……」

利々が腰をくねらせて喘ぎ、ヒクヒクと柔肉を収縮させた。

「ね、オシッコして」

「だ、大丈夫？　ベッドの上で……」

「うん、ゆっくり出して」

言うと利々も尿意が高まってきたか、息を詰めて下腹に力を入れた。

やがて柔肉が蠢き、温もりが変わってチョロッと流れがほとばしった。それを受け止めて夢中で飲み込むと、さらに緩やかな放尿が始まった。

仰向けなので噎せないよう気をつけると、利々も懸命に勢いを付けないよう出してくれた。

それでもあまり溜まっていなかったか、何とかこぼさないまま飲み切ることが出来、流れが治まった。今日は味も匂いも淡く控えめで、雄吾は余りの雫をすすってクリトリスを舐め回した。

「も、もうダメ……」

利々が絶頂を迫らせて言い、自分から股間を引き離し、彼の上を移動していった。そして屈み込んで先端をしゃぶり、尿道口から滲んだ粘液を舐め取ってからスッポリと呑み込んでいった。

熱い息が恥毛をくすぐり、唾液に濡れた唇が幹を丸く締め付けて吸い付いた。内部ではクチュクチュと舌がからみつき、たちまちペニス全体はアイドルの生温かく清らかな唾液にどっぷりと浸った。

「ああ、気持ちいい……」

雄吾は快感に喘ぎ、幹を震わせながらズンズンと股間を突き上げ、心地よい摩擦に高まった。

しかし利々は、充分に唾液に濡らすと、すぐにチュパッと可憐な音を立てて軽やかに口を離し、身を起こしてきた。前進して跨がり、そのまま先端を濡れた割れ目に受け入れて腰を沈めていった。

「あああッ……、すごいわ……」

ヌルヌルッと一気に根元まで受け入れた利々は、顔を仰け反らせて喘ぎ、完全に股間を密着させてキュッと締め付けた。

雄吾も肉襞の摩擦と温もり、きつい締め付けとヌメリに包まれて幹をヒクヒクと震わせた。

すぐに彼女は身を重ね、雄吾はまだ動かず、顔を上げてピンクの乳首に吸い付いた。

コリコリと硬くなった乳首を舌で転がし、柔らかく張りのある膨らみに顔中を押し付けると、生ぬるく甘ったるい汗の匂いが馥郁と鼻腔を刺激してきた。

そして左右の乳首を充分に味わい、腋の下にも鼻を押しつけ、可愛(かわい)らしい体臭を貪りながら汗ばんだ腋を舐め回した。

「アア……、いい気持ち……」

利々は熱く喘ぎながら、待ちきれないように腰を動かしはじめた。

雄吾も合わせて股間を突き上げ、何とも心地よい摩擦を味わった。クチュクチュと湿った音が聞こえ、溢れる愛液で次第に動きが滑らかになり、互いの動きもリズミカルに一致していった。

下から唇を求め、舌をからめて生温かな唾液をすすった。

利々の熱い吐息は、甘酸っぱい果実臭にほのかなオニオン系の成分も交じって実に刺激的で、濃度は六だった。

「ああ、可愛い匂い……、唾もいっぱい出して……」

突き上げを早めながら言うと、利々もトロトロと大量の唾液を吐き出してくれた。彼は舌に受けてネットリした小泡の多い舌触りを味わい、うっとりと飲み込んで酔いしれた。

「舐めて顔中ヌルヌルにして……」

絶頂を迫らせてせがむと、利々も熱くかぐわしい息を弾ませながらヌラヌラと舌を這わせ、鼻の穴から頬まで生温かな唾液にまみれさせてくれた。

「ああ、いく……！」

ひとたまりもなく雄吾は絶頂の快感に貫かれて口走り、熱い大量のザーメンをドクンドクンと勢いよくアイドルの柔肉の奥にほとばしらせてしまった。

「き、気持ちいいわ……、ああーッ……！」

噴出を受け止めると彼女もオルガスムスのスイッチが入り、声を上ずらせてガクガクと狂おしい痙攣を開始した。

膣内の収縮も最高潮になり、雄吾はきつく締め付けられながら快感を味わい、最後の一滴まで出し尽くしていった。

動きを弱めると、利々も力を抜いてグッタリともたれかかってきた。

「ああ、気持ち良かったよ、すごく……」

「私も……」

囁くと、利々がキュッキュッと締め付けながら答え、刺激されたペニスはヒクヒクと過敏に膣内で跳ね上がった。

そして雄吾は、アイドルのかぐわしく濃厚な吐息を間近に嗅ぎながら、うっとりと快感の余韻を噛み締めたのだった……。

3

「済みません。お呼びたてして……」

雄吾が美沙のハイツを訪ねると、彼女がジャージ姿で出迎えてくれた。

休みの日の午後にメールで呼ばれ、彼はシャワーと歯磨きを終えていそいそと出向いてきたのだ。

上がり込んで、彼は室内に籠もる二十歳の体臭を嗅いで股間を脹(ふく)らませた。

美沙もその気で呼んだらしい。二十歳の女の子にセックス目的で呼び出される五十男など、そうはいないだろう。

「少し早かったかな」

「いいえ、帰ったばかりで良かったです」

美沙が答える。

どうやら昔の仲間と母校に行って剣道の稽古をしてきたらしく、そういえば甘ったるい匂いが彼女からも漂っていた。

「あの、今日のこと、加奈には内緒です。どうしても二人で会いたくて」

「うん、三人も良かったけど、やっぱり一対一の方がドキドキするよね」

雄吾が答えて奥のベッドへ行くと、すぐに美沙も来てジャージを脱ぎはじめてくれた。

同じ二十歳でも、先日は超可憐なアイドル。今日は処女を失ったばかりの剣道女子大生で、それぞれに魅惑的だった。

雄吾もすぐに全部脱ぎ去り、美沙の匂いの沁み付いたベッドと枕に身を横たえた。彼女も一糸まとわぬ姿になり、引き締まって健康的な肢体を露わにさせて迫った。

「すごく汗かいてるけど……」

「うん、構わないから来て」

言うと、美沙もモジモジと添い寝してきた。

彼は甘えるように腕をくぐり抜け、乳房に顔を寄せながら腕枕してもらった。

「わあ、本当、甘い匂いが濃い……」

腋の下に鼻を埋め込んで嗅ぎながら言い、目の前の乳房に手を這わせると、

「アアッ……！」

美沙が熱く喘ぎ、生ぬるい体臭を揺らめかせてクネクネと身悶えはじめた。

やはり先日は加奈も一緒だったので、同性の見ていない美沙一人の反応は今日が初めてだった。

雄吾はミルクのように甘ったるい汗の匂いで鼻腔を満たし、湿った腋に舌を這わせた。やはり加奈とも利々とも似ているようで、その匂いは微妙に違う。

やがて彼は呼吸の弾みはじめた美沙を仰向けにさせ、可憐な乳首にチュッと吸い付き、舌で転がした。

「あ……、か、噛(か)んで下さい……」

と、美沙が気の強そうな目を閉じ、声を上ずらせて言った。

やはり自分でバイブを入れたり、過酷な稽古で痛いのには慣れているのか、く

すぐったいような微妙な愛撫より、強めの方が好みなのだろう。

雄吾も前歯でコリコリと乳首を刺激してやり、もう片方も舌と歯で愛撫してやった。

さらに脇腹にもキュッと歯を食い込ませてやると、

「アア……、もっと強く、痕になってもいいから……」

美沙がビクッと反応し、顔を仰け反らせてせがんできた。

そんな、二十歳の女子大生に歯形を付けるなど恐ろしくてとても出来ないが、彼女の肩や脇腹、肘などには竹刀を受けたらしい痣が痛々しく多く印されているのだった。

せめて甘噛みで脇腹をたどり、可愛い臍を舐め、弾力ある下腹にも顔中を押し付けて感触を味わい、やがて腰から逞しい脚を舐め降りていった。

引き締まった滑らかな肌はうっすらと汗の味がし、足指の股に鼻を割り込ませると、前の時より生ぬるい汗と脂の湿り気が多く、蒸れた酸性の匂いも濃く沁み付いていた。

充分に匂いを嗅いでから爪先にしゃぶり付くと、

「あう、ダメです、今日は汚いから……」

美沙が慌てて言ったが、もちろん雄吾は全ての指の間を舐め尽くした。

もう片方の足も、足裏から指の股の味と匂いを貪り、ようやく脚の内側を舐め上げ、股間に顔を進めていった。

ムッチリした内腿を舐め上げ、また軽く歯を立てると、

「あぁッ……、お願い、もっと強く……！」

美沙が激しく喘いで言った。前の時は加奈もいたので衝動を抑え、あまり性癖を出さなかったのかも知れない。

雄吾も、内腿ならあまり人からも見られないだろうと、大きく開いた口で肉をくわえ込み、咀嚼（そしゃく）するようにモグモグと噛み締めて若い肌の弾力を味わった。

「あうう……、いい気持ち……」

美沙がヒクヒクと反応しながら呻き、割れ目からはトロトロと大量の愛液を漏らしてきた。

彼は左右の内腿を噛み、さらにオシメでも当てるように両脚を浮かせ、左右の尻の丸みにも歯を食い込ませた。

「アア……、いい……！」

美沙は浮かせた脚を震わせて喘ぎ、さらに愛液を溢れさせた。くすぐったさと

痛みが、激しく彼女の官能を揺さぶるようだった。

ようやく雄吾も谷間の中心に鼻を埋め、蕾に籠もった匂いを貪ったが、今日は汗の匂いが大部分だった。

そして蕾を舐め回し、ヌルッと潜り込ませて粘膜を味わい、脚を下ろしてそのまま割れ目に舌を挿し入れていった。

茂みには、甘ったるい汗の匂いが濃厚に籠もり、それにほのかなオシッコの匂いも悩ましく鼻腔を刺激してきた。

嗅ぎながら膣口の襞を掻き回し、淡い酸味のヌメリをすすってからクリトリスまで舐め上げていった。

「ああ……、気持ちいいわ……、そこも嚙んで……」

美沙は快感に朦朧となって口走ったが、さすがに嚙むわけに行かず、上の歯で包皮を剝き、露出したクリトリスを舌と歯で挟むようにチロチロと舐め上げた。

「あう、ダメ、いきそう……、私も……！」

美沙が身悶えながら、彼の下半身をせがんできた。

雄吾はクリトリスを舐めながら身を反転させ、股間を彼女の鼻先へと向けていった。すると、すぐに美沙はパクッと亀頭にしゃぶり付き、二人は互いの内腿を枕に最も敏感な部分を貪り合った。

「ンンッ……！」

クリトリスを吸うと美沙も呻き、熱い息で陰嚢（いんのう）をくすぐりながら、反射的にチュッと亀頭に吸い付いてきた。そして執拗に舌を這い回らせ、ペニス全体を生温かな唾液にまみれさせた。

しばし我慢くらべのように吸い合っていたが、ほぼ同時に口を離し、雄吾は身を起こした。美沙は快感と興奮に起きられないようなので、女上位は諦め正常位で彼女の股を開き、股間を進めていった。

先端を押し付け、濡れた膣口にゆっくり押し込んでいくと、

「アア……！」

美沙が艶めかしい表情で喘ぎ、根元まで受け入れていった。

愛液も多く反応も一人前なのに、まだペニスの挿入はこれが二回目なのが信じられなかった。

股間を密着させて雄吾が身を重ねると、美沙も下から両手を回してしがみついてきた。彼は上からピッタリと唇を重ね、舌を挿し入れて温かな唾液を味わい、舌をからめていった。美沙もチロチロと遊んでくれるように舌を蠢かせ、熱く湿

り気ある息を弾ませた。

やがて雄吾が徐々に腰を突き動かしはじめると、

「く……、もっと強く……」

彼女が顔を仰け反らせてせがんだ。

喘ぐ口に鼻を押し込んで嗅ぐと、今日も可愛らしく甘酸っぱい匂いが弾み、濃度五の刺激が鼻腔を満たしてきた。

いったん動くと心地よい摩擦に止まらなくなり、美沙もズンズンと股間を突き上げてきた。溢れる愛液が律動を滑らかにさせ、互いの股間がビショビショになっていった。

締まりの良さにもう堪（たま）らず、雄吾は一気にフィニッシュを目指して股間をぶつけるように動き、そのまま昇り詰めてしまった。

「い、いく……！」

突き上がる快感に呻くと同時に、ありったけのザーメンをドクドクと勢いよく中にほとばしらせると、

「あ、熱い……、いっちゃう……！」

美沙が噴出を感じると同時に声を洩らし、そのままガクンガクンと狂おしい痙

攣を起こし、巨体の彼を乗せたまま腰を跳ね上げた。

雄吾は心ゆくまで快感を噛み締め、全て出し切って動きを弱めていった。

「アア……、すごいわ……」

美沙も肌の強ばりを解いて声を洩らし、グッタリと身を投げ出していった。

やはり生身を知ると、もうバイブなどでは満足できなくなっているのだろう。

雄吾は収縮する膣内でヒクヒクと幹を震わせ、かぐわしい息を嗅ぎながら快感の余韻に浸り込んでいったのだった。

4

「どうする？　うちへ来る？」

雄吾は、そろそろ食事も終わりなので乃梨子に言った。今日も仕事の帰り、一緒に近所のレストランに来ていたのだ。

「いえ、もう少しお話したいの」

彼女は答え、食後のコーヒーを頼んだ。

「お話って？」

「花山先生は、結婚願望はないの？」

乃梨子が、真剣な眼差しで訊いてきた。

「ない」

「な、ないの……、なぜ……」

雄吾が答えると、乃梨子は拍子抜けするように言った。

「男女の仲で一番大切なのは、距離感だと思っているから」

「距離感……」

「うん、一緒に暮らすと距離が近すぎて、妹や娘みたいな肉親感覚になって、それが嫌なの。離れていて、たまに会うのが一番いい」

雄吾は答えた。もう両親はいないし、一人っ子だったから実家も処分してしまった。もちろん付き合っている親戚もいない。

「それって、性欲がなくなるのが嫌なの？」

「うん、肉親とする気はないからね」

「でも今はいいけど、これから歳を取ったら、同居人がいる方が便利なのに」

「あまり先のことは考えないようにしているの」

「そう……」

乃梨子が、少しガッカリしたように答え、運ばれてきたコーヒーを飲んだ。

「どうしてそんなことを訊くの？」

雄吾は、ある程度察しを付けていながらも訊いた。

「ええ……、加奈が、花山先生がパパになってほしいって言うものだから……」

「乃梨子先生が僕と結婚？　それは困るよ」

「なぜなの。浮気できなくなるから？」

「ううん、浮気なんか所詮、本気とは違うし、ダメと言われたってするよ。それに乃梨子先生は僕にとって憧れの女神様だからね、それを女房にはしたくない。今の状態が、一番良い感じなんだ」

「私に本気なの？」

「うん」

「それでも無理なの？　浮気を公認しても？　あるいは今のままの別居婚でもいいと言われても？」

「結婚はイヤ。どうしても家族は持ちたくない。せっかく天涯孤独を楽しんでいるんだから」

雄吾が答えると、乃梨子は肩を落として嘆息した。

「私はフラれたようね……。帰るわ……」

乃梨子は言い、力なく立ち上がってレジで会計を済ませた。

「ね、うち来て」

「イヤよ。結局はセックスだけが目的なんでしょう？」

「お互いの身体が引き合っているんだから、悪いことじゃないでしょう。さあ」

雄吾は乃梨子の手を握り、グイグイと引っ張っていった。

彼女も尻込みしながら従い、結局ビルに入り、エレベーターに乗って三階まで来てしまった。

部屋に入れてドアをロックすると、乃梨子がリビングの椅子に座ろうとするので、雄吾は手を引いてベッドまで移動させた。

「さあ脱ごうね」

「ダメよ、もっとお話しましょう……」

「うん、分かった。済んでからね」

彼は答え、先に自分だけ全裸になり、激しく勃起したペニスを震わせながら乃梨子を脱がせていった。

結局、彼女も疼き(うず)に負けたように途中から自分で全て脱ぎ去り、ベッドに熟れ肌を横たえていった。

肉体は投げ出しても、心の中のモヤモヤが晴れないようで、それがかえっていつにない艶めかしさを醸し出していた。

彼は乃梨子の足の方に屈み込み、滑らかな踵から土踏まずを舐め回しながら、今日も一日働いて汗と脂に湿っている指の股に鼻を押しつけて、蒸れた匂いを胸いっぱいに嗅いだ。

そして爪先にしゃぶり付いて順々に指の間に舌を割り込ませて味わうと、

「く……！」

心より身体が反応し、乃梨子が小さく呻いてピクリと反応した。

さらに両足とも味と匂いを貪ってしゃぶり尽くし、滑らかな脚の内側を舐め上げ、両膝を左右全開にすると、

「アア……」

乃梨子が羞恥に声を洩らし、割れ目を丸見えにさせた。

あとは、快感で何も考えられなくなり、いつもと同じようになることだろう。

「すごく濡れてるよ」

顔を寄せて陰唇を広げると、クチュッと湿った音がし、彼の顔中を熱気と湿り

気が包み込んだ。

「し、知らないわ……」

「うんと匂いを嗅ぎながら舐めていい？」

「お願い、黙って……」

乃梨子が彼の熱い視線と息を感じ、クネクネと腰をよじらせて言った。

もう雄吾も我慢できず、吸い寄せられるようにギュッと彼女の中心部に顔を埋め込んでいった。

柔らかな茂みに鼻を擦りつけて胸いっぱいに嗅ぐと、甘ったるい汗の匂いが濃厚に沁み付き、それにほのかな残尿臭と、愛液による生臭い成分まで入り混じり悩ましく鼻腔を刺激してきた。

「いい匂い……」

言いながら舌を這わせると、乃梨子は何も言わず息を詰め、内腿でムッチリと彼の両頬を挟み付けてきた。

雄吾は美女の体臭に噎せ返りながら内部を舌で掻き回し、次第に多く溢れてくる淡い酸味の愛液をすすった。そして、かつて加奈が生まれ出てきた膣口の襞をクチュクチュ掻き回し、柔肉をたどってクリトリスまで舐め上げていった。

「アァッ……！」

乃梨子が身を弓なりにさせて喘ぎ、ヒクヒクと白い下腹を波打たせた。

雄吾は彼女の両脚を浮かせ、白く豊満な尻の谷間にも鼻を埋め込み、ピンクの蕾に籠もった微香を貪り嗅いだ。

舌を這わせて襞を濡らし、潜り込ませてヌルッとした滑らかな粘膜を味わい、肛門に締め付けられながら執拗に内部で蠢かせた。

そして再び割れ目に戻ってクリトリスに吸い付き、膣口に指を入れて内壁を小刻みに擦った。

「あう……、ダメよ、やめて……！」

乃梨子が絶頂を迫らせて言い、懸命に身を起こして雄吾の顔を股間から追い出した。

彼も仕方なく離れ、ベッドに仰向けになった。

すると乃梨子が彼を大股開きにさせ、真ん中に腹這い顔を寄せてきた。

受け身体勢になった雄吾だったが、乃梨子が彼の両脚を浮かせ、尻の谷間に舌を這わせてきたのだ。

「あっ、いいよ、僕も今日はシャワー浴びてないんだから……、あう！」

ヌルッと舌が潜り込むと、雄吾は息を詰め、妖しい快感に呻いた。

乃梨子は厭(いと)わずに舌を蠢かせ、彼もキュッと肛門を締め付けた。

ようやく彼女は舌を抜いて脚を下ろさせ、陰嚢にしゃぶり付いて二つの睾丸(こうがん)を転がした。

「あうう、そっとして……」

急所を吸われ、彼は思わず腰を浮かせながら声を絞り出した。

乃梨子は袋全体を生温かな唾液にまみれさせると、ようやく肉棒の裏側を舐め上げ、粘液の滲む尿道口に舌を這わせてきた。

「ああ、気持ちいい……」

雄吾も快感に喘ぎ、勃起した幹を震わせながら乃梨子の愛撫に全てを任せた。

彼女も念入りに先端と亀頭をしゃぶり、モグモグとたぐるように喉の奥まで呑み込んでいった。

根元まで含むと、唇で付け根をキュッと丸く締め付けて吸い、熱い鼻息で恥毛をくすぐり、口の中では舌が滑らかに蠢き、ネットリとした生温かな唾液にペニスが浸った。

さらに乃梨子は顔全体を小刻みに上下させ、濡れた唇でスポスポと強烈な摩擦を繰り返した。

「い、いきそう……！」

急激に絶頂を迫らせた雄吾が口走ると、すぐに乃梨子もスポンと口を離して身を起こし、ペニスに跨がっていった。

そして濡れた先端に割れ目を押し付け、息を詰めてゆっくりと膣口に受け入れてゆき、完全に座り込んで股間を密着させてきたのだった。

5

「ああッ……、奥まで届くわ。いい気持ち……」

乃梨子が顔を仰け反らせて喘ぎ、味わうようにキュッキュッときつく締め付けてきた。雄吾も肉襞の摩擦と締まりの良さ、温もりと潤いに包まれ、うっとりと快感を味わった。

やがて乃梨子が覆いかぶさるように身を重ね、巨乳を突き出してきた。

彼も顔を上げて乳首に吸い付き、顔中に柔らかな膨らみを受け止めて舌で転がした。

「アア……、もっと強く……」

乃梨子が熱く息を弾ませ、徐々に腰を遣いはじめた。

雄吾も股間を突き上げて動きを合わせながら、左右の乳首を交互に含んで舐め回し、強く吸い付いた。さらに腋の下にも鼻を埋め込み、生ぬるく甘ったるい汗の匂いで胸を満たした。

そして白い首筋を舐め上げ、唇に迫ると、喘ぐ口からは熱く湿り気ある白粉臭の息が洩れ、それに食後の成分も悩ましく入り混じって鼻腔を刺激してきた。

「わあ、嬉しい、ほぼ理想に近い濃度六」

嗅ぎながら言うと乃梨子が羞じらうように顔を背けたが、手で引き戻してピッタリと唇を重ねた。

「ンン……」

乃梨子は熱く呻き、その間も互いの動きは続いているので、否応なく忙しげな呼吸が繰り返された。

「ね、唾を飲ませて」

充分に舌をからめてから囁くと、

「イヤよ、そんなこと……」

乃梨子が近々と顔を寄せながら、熱く甘い息で答えた。

「でも、結婚してくれたら何でもしてあげるわ」

「じゃ、いっぱい垂らして。言うこと全部きいてくれたら考える」

「本当……？」

言うと乃梨子は答え、すぐにも大量の唾液を口の中に分泌させ、形良い唇を突き出すと、白っぽく小泡の多い唾液をトロトロと吐き出してくれた。

舌に受けて味わい、彼はうっとりと飲み込んで心地よく喉を潤した。

「ね、お前なんか大嫌いって言って、思いきり唾を吐きかけて」

「そ、そんなこと……」

彼女はためらったが、膣内でペニスが悦(よろこ)びと期待に打ち震えているのを感じ、すぐ叶(かな)えてくれた。

「お前なんか、大ッ嫌いよ……！」

顔を迫らせて言い、強くペッと唾液を吐きかけてくれた。彼女もまた興奮に膣内の収縮が活発になってきた。

「ああ、気持ちいい……」

彼は、かぐわしい息とともに生温かな唾液の固まりを鼻筋に受けながら喘ぎ、突き上げを強めていった。

「も、もうこんなことさせないで……」

乃梨子も興奮に声を上ずらせながら、雄吾の鼻を濡らした唾液をヌラヌラと舐め取ってくれた。しかし結果的に顔中に塗り付けることになり、雄吾は舌の感触と匂いに高まっていった。

「ね、お前なんか死んじゃえって言って」

「そ、それだけは言えないわ……」

「どうして」

「だって、もし言って本当になったら困るもの……」

乃梨子は涙ぐみながら答え、さらに強く股間を擦りつけてきた。

「あう、締まる……、いきそう……」

「ダメよ、いったら。結婚の約束してくれるまで許さないわ」

「だって、要求した台詞が言えないからダメ」

「そ、そんな……、アア……！」

突き上げに刺激され、とうとう乃梨子も絶頂を迫らせ、会話など出来ない状態になっていった。雄吾も両手でしがみつきながら激しく突き上げ、とうとう心地よい摩擦の中で昇り詰めてしまった。

「い、いく……！」

先に乃梨子が口走り、ガクンガクンと狂おしいオルガスムスの痙攣を開始し、きつく締め上げてきた。

「く……！」

もう我慢できずに、続いて雄吾も大きな絶頂の快感に貫かれて呻いた。

同時に、熱い大量のザーメンがドクンドクンと勢いよくほとばしり、柔肉の奥深い部分を直撃した。

「あう……、すごいわ……！」

噴出を感じると、乃梨子は駄目押しの快感を得て呻き、キュッときつく締め上げてきた。雄吾は激しく股間を突き上げ、心置きなく最後の一滴まで絞り尽くし、やがて満足して動きを弱めていった。

「アア……」

乃梨子も声を洩らし、失神したようにグッタリと力を抜いて彼に体重を預け、その耳元で荒い呼吸を繰り返した。

まだ膣内は名残惜しげな収縮を繰り返し、刺激されたペニスがピクンと跳ね上がるたび、押さえつけるようにキュッと締め付けられた。

雄吾は、彼女の喘ぐ口に鼻を押し込み、白粉臭の刺激を胸いっぱいに嗅ぎながら、うっとりと快感の余韻を味わったのだった……。


――雄吾とバスルームに入り、全身を洗い流した乃梨子はようやく我に返りはじめたようだった。

「ああ、少し酔っていたようだわ。私が言ったことは全部忘れて……」

「うん、それよりオシッコかけて」

雄吾は床に座りながら言い、乃梨子を目の前に立たせた。

「まあ……、私の気持ちなんか何にも分かろうとしないのね……」

「自分で割れ目を広げて、お飲みって言って」

「変態ね。大嫌いよ……」

「わあ、もっと罵って……。でも、結局何でも言うことをきいてくれる乃梨子先生が好き」

「本当に好き？」

「うん、だからして」

雄吾が言うと、乃梨子も立ったまま股間を突き出し、自ら陰唇を広げた。

そしてヌメヌメするピンクの柔肉を息づかせながら、下腹に力を入れて尿意を高めてくれた。

「お飲み……」

乃梨子が羞恥に声を震わせて言い、雄吾が舌を挿し入れると、すぐにも新たな愛液が溢れてきた。そして迫り出すように内部が盛り上がると、チョロチョロと温かな流れがほとばしった。

口に受け、彼は淡い味と匂いを堪能しながら喉に流し込んだ。

「アア……！」

乃梨子は熱く喘ぎながら勢いよく放尿を開始し、溢れた分が彼の胸と腹に温かく伝い流れ、また回復してきたペニスを心地よく浸した。

しかし流れはすぐに治まってしまい、乃梨子は息を震わせてしゃがみ込んだ。

もう一度二人でシャワーを浴び、身体を拭いて全裸のままベッドに戻った。

添い寝して腕枕してくれながら、乃梨子が勃起したペニスを弄んだ。

「すぐに勃つのね……。結局、一人の女では足りないのね……」

彼女がしんみりして言い、雄吾は彼女の柔らかな手のひらの中でヒクヒクと幹を震わせた。

雄吾は彼女の甘い匂いを嗅ぎながら快感を高め、また唇を重ねて舌をからめ、心ゆくまで美女の唾液と吐息を貪った。

すると乃梨子が身を起こしてペニスにしゃぶり付き、張りつめた亀頭をたっぷりと生温かな唾液にまみれさせ、再び仰向けになった。

「ね、上から入れて……」

言われて彼も身を起こし、乃梨子の股間に割り込んでいった。

そして先端を濡れた膣口に押し当て、感触を味わいながらゆっくりと挿入していった。

生温かく濡れた肉襞がヌルヌルッと幹を擦り、根元まで押し込んで股間を密着させると、彼は身を重ねていった。

「アアッ……！」

乃梨子は顔を仰け反らせて喘ぎ、両手でしっかりとしがみついてきた。

雄吾も身を預け、胸で巨乳を押しつぶし、恥毛を擦り合わせて腰を遣いはじめると、コリコリする恥骨の膨らみも伝わってきた。

「い、いいわ……、すぐいきそう……、もっと突いて、強く奥まで……！」

乃梨子が声を上ずらせ、きつく締め上げながら股間を突き上げてきた。

雄吾も、美女の甘い息を嗅ぎながら、快感を高めて次第に動きに勢いをつけ、すぐにも絶頂を迫らせていった。

やはり、彼女のおかげで歯医者復活が出来たが、家庭に納まる気はない。

いつでも気楽に、失敗すれば安アパートに戻れば良いと思っていた。

そして彼は快感に包まれながら、明日はどの女性が抱けるのだろうかと思いを馳(は)せるのだった……。

本書は書き下ろしです。

実業之日本社文庫　最新刊

五木寛之
ゆるやかな生き方
のんびりと過ごすのは理想だが、現実はせわしい日々。ゆるやかに生きるためにどう頭を切りかえればいいのか。近年の〈雑録〉から選りすぐった36編。

い44

井川香四郎
桃太郎姫　もんなか紋三捕物帳
男として育てられた桃太郎姫が、町娘に扮して岡っ引の紋三親分とともに無理難題を解決！　歴史時代作家クラブ賞・シリーズ賞受賞の痛快捕物帳シリーズ。

い103

小路幸也
ビタースイートワルツ Bittersweet Waltz
弓島珈琲店の常連、三栖警部が失踪。事情を察した店主ダイと仲間たちは捜索に乗り出すが……。甘く苦い過去をめぐる珈琲店ミステリー。（解説・藤田香織）
し13

西村京太郎
十津川警部捜査行　北国の愛、北国の死
疾走する函館発「特急おおぞら3号」が、札幌で発生した女性殺害事件の鍵を運ぶ……鉄壁のアリバイを打ち崩せ！大人気トラベルミステリー。（解説・山前　譲）
に113

南　英男
裏捜査
美人女医を狙う巨悪の影を追え――元SAT隊員にして始末屋のアウトローが、巧妙に仕組まれた医療事故の陰謀に鉄槌を下す！　長編傑作ハードサスペンス。

み72

実業之日本社文庫 む25

淫ら歯医者（みだらはいしゃ）

2016年8月15日　初版第1刷発行

著　者　睦月影郎（むつきかげろう）

発行者　岩野裕一
発行所　株式会社実業之日本社
〒153-0044　東京都目黒区大橋 1-5-1
クロスエアタワー8階
電話［編集］03(6809)0473［販売］03(6809)0495
ホームページ　http://www.j-n.co.jp/
DTP　株式会社ラッシュ
印刷所　大日本印刷株式会社
製本所　株式会社ブックアート

フォーマットデザイン　鈴木正道（Suzuki Design）

ISBN978-4-408-55308-5（第二文芸）